应小苔

/作品

物镜
语花

贵州出版集团
贵州人民出版社

图书在版编目（ＣＩＰ）数据

镜花物语/ 应小苔著.-- 贵阳:贵州人民出版社,2016.8
(2020.3重印)

ISBN 978-7-221-13423-3

Ⅰ.①镜… Ⅱ.①应… Ⅲ.①短篇小说－小说集－中
国－当代 Ⅳ.①I247.7

中国版本图书馆CIP数据核字(2016)第183911号

镜花物语

应小苔　著

出 版 人 苏　桦

出版统筹 陈继光

责任编辑 赵帅红

流程编辑 唐　博

选题策划 廖　妍　何亚兰

封面设计 颜小曼　刘　伟

封面绘制 棉花圃

出版发行 贵州人民出版社（贵阳市观山湖区会展东路SOHO办公区A座
　　　　　邮编：550001）

印　　刷 三河市华东印刷有限公司

开　　本 880×1230毫米1/32

字　　数 220千字

印　　张 8

版　　次 2016年10月第1版

印　　次 2016年10月第1次印刷
　　　　　2020年3月第2次印刷

书　　号 ISBN 978-7-221-13423-3

定　　价 42.00元

自序

　　我读高中的时候，手机还没普及，更不能放肆地上网，最大的娱乐就是看课外书。当时年级一共有13个班级，通常一本书，可以传遍这13间教室，最后还能回到你的手上。

　　书还是那本书，但是新的铜版纸已经变成油渣，散发着一股油条和几天不洗澡的味道。

　　我发表的第一篇小说的那本书，传出去后，偏偏没有回来，那时候没有淘宝，为了再买一本自己留着，我跑遍了城里的大小书摊，就为了找那本已经过期的杂志。

　　这些事仿佛才是昨天发生的，根本没法想象，已经过了十年了。

　　所谓十年磨一剑，我这十年，却是一事无成的。

　　乱七八糟地写了那么多东西，也不知道到底有没有人喜欢。我有时候会在百度上搜自己的笔名，即使有一条提及我的，也会暗暗开心好久。

　　虽然更多时候，我什么也搜不到。

　　我的学生生涯中，多的是练习册、试卷和没日没夜的补课，早上七点到晚上十一点的课除了两餐并不间断，我没有时间谈恋爱，我不懂校园爱情的浪漫。我长得普通，只能说不丑，也不懂一个姑娘被一堆帅气的男生围着追求是什么感受，所以我写不来需要脑补很多的爱情故事。

原谅我也不太喜欢穿越，因为我历史不好，历史上太多细节和生活习惯我都搞不清楚，怕亵渎了前人的智慧，所以只能勉勉强强地写一些不需要负责的奇异、灵异故事。

　　索性我很喜欢奇奇怪怪的事情，父母又给了我一个发达的神经系统。我小时候跟着父母住在峨眉山后面他们的工作单位里，那个地方的乡间地头到处都有你们所稀罕的曼珠沙华，一生花叶永不相见，浪漫和灵异得不得了，却长成了野花。

　　那里仰头往上看，透过厚厚的云和雾，也许就是峨眉山最最高的那块山头，有一块没有遮挡的悬崖。

　　它叫作舍身崖。

　　我时常喜欢在峨眉山的阶梯上站着，每一块每一块地去猜它们身上发生过什么，夜深人静的时候，它们是不是也会相互交谈，大石块给小石块讲故事，小石块也会向大石块撒娇？

　　时间久了，这些乱七八糟的东西，慢慢沉淀成稀奇古怪的故事，我觉得乱了，记不清楚了，就需要清晰地整理并写出来，这就是我笔下故事的开始。

　　这些故事都是这十年中断断续续写的，挑出来的都是我最喜欢的，很感激每一个愿意阅读我拙作的人，感谢替我圆梦的人，愿下一个十年，你们依然健康幸福、聪慧且富有，并同我在一起。

左力菩

留于：峨眉山下

二零一五年十一月

目录

《作者自序》

《灵水阁笔录》 001

《画中舞》 —————— 003
他只是解脱了，从飞天旋舞图中，从盛名中，彻底地解脱了。
只是解脱了，他就彻底死亡了。

《笛声怨》 —————— 017
只是偶尔客人们酒醉后，还会提起长乐坊的那个奇女子，说她
为了一个穷书生卖掉了祖传的珍宝给自己赎身，却因为再也不
能吹出美妙的笛音而被抛弃了。

《一笑倾城》 —————— 025
西北有个小国，名鸠兹，四面背沙，鸠兹王纳一神庙女为妃，
此女貌美，发长及地，然，三年不笑。

《风沙旧归人》 —————— 035
风沙后，沙丘中隐隐地出现了一座城镇，高大的城墙，城镇的
上空隐约飘着饮烟，似乎还有嘈杂的人声。

《有狐下树》 —————— 047
狐，欲成仙，偶上树，拾其鞋，则其不能下，以树为家，若有
能给予鞋者，狐下树，必报之，然予鞋者必上树。

《一梦如魇》 ——————— 063
这梦魇能化作人心中最脆弱最思念的东西，若不是你的妻子不
离不弃，这次你定难逃一劫。

《女萝崖》 ——————— 079
他听说过女萝崖的传说。他知道那些为情而跳崖的女子会在这
里变作妖孽，等待那个人的到来。

《太阳下雨，狐狸娶妻》 ——————— 097
你收了定情的簪子，为什么又要嫁给别人？

《如意珠花》 ——————— 111
如意珠花，生于蓬瀛岛，需真情灌溉方能开花，花谢后成玉石
状态，情不尽，花不落。本不老不死，但若真心被背叛，凋于
朝夕之间。

《鱼说》 ——————— 125
你若是愿意嫁给我，那鱼儿就是你的了。

《红裙子》 ——————— 137
夫人若是哪天无聊得紧了，可以试试数那图里有多少个人儿，
或许有什么意外的惊喜，只是——千万不要数错了。

《半根姻缘》 ————————————— 157
有些事情，该剪断的时候就要当机立断。该新的，就要重新开始。

《西伯利亚情人》 ————————— 173
恋人，产自西伯利亚，全身为蓝色，常年生活在冰中，生性冷淡，
喜欢人体温度，若用体温化开，可成长为理想模样。

《倾藤之恋》 ——————————— 185
难道绿衣服的女孩子，那爬满防护栏的藤蔓，还有那海藻似的
长发，这一切的一切都只是梦而已？

《枯木桃生》 ——————————— 209
只有你抱我我才能维持着人形，要不然就只能当个脏兮兮的木
桩了。

《青霜染瓷》 ——————————— 231
我就不信真的有人那么长情，守着一只花瓶终身不娶。

目录

灵水阁笔录

LING
SHUI
GE
BI
LU

只是偶尔客人们酒醉后，

还会提起长乐坊的那个奇女子，

说她为了一个穷书生卖掉了祖传的珍宝给自己赎身，

却因为再也不能吹出美妙的笛音而被抛弃了。

作者絮语

开头的这个篇章，其实是一个系列的故事。

高三那年怕自己没有把握驾驭好长篇，所以规划成一个一个的小故事，然后组合成一个大的背景。

故事的主角是唐末长安城的一个名叫"灵水阁"的古董铺。这个铺子的老板长着一双狐媚的眼睛，似人似鬼。院子里有水有花，整个房间透着奇异的水纹，还有四季不同的貌美侍女，门口蹲着的是唤作"绿儿"喜食花生的绿皮鹦鹉，还有安泰老板常年不变的客人李亦蚧。

这么一个古怪的地方，自然不做普通的事。灵水阁收的古董，尽是别的铺子不要的，卖出去的东西，也都是独一无二的。

所以这么一个神奇的地方，故事就围绕着各个神奇的物品发生。

安泰：灵水阁的老板，被狐妖无娘抚养长大的人类孩子，没有狐族的能力，却又比一般人类聪慧灵敏，善于鉴别各种珍奇。（《画中舞》《笛声怨》）

李亦蚧：没落的李唐皇族，按辈分算，是安泰人类母亲长兄之孙，但是文中并未提及两人亲属关系，他时常将父亲收藏的一些古玩珍品送到安泰的店中鉴赏，比如说一札破旧的手卷。（《一笑倾城》）

无娘：狐妖，被困于一棵桃树，被安泰的母亲玉梨用一双绣花鞋解救，后为了报答恩情，抚养了被遗弃的安泰。（《有狐下树》）

玉梨：安泰的人类母亲，李唐王爷的幺女，天生额角带粉色梨花胎记，与一进京书生相恋怀孕，但被家族所不允许，约定私奔又被爱人抛弃，无奈在家暗中生下安泰，被迫送到白狐寺中，后来于新婚之夜死在大桃树上……（《有狐下树》）

至于《一笑倾城》中的珠子和鸠兹小国，就是《风沙旧归人》中洪修远商队经过之地……

画中舞

他只是解脱了，从飞天旋舞图中，从盛名中，
彻底地解脱了。
只是解脱了，他就彻底死亡了。

❀客人❀

李亦蚧永远是灵水阁不变的客人。

夏季已经过去好长时间了，他依旧借口乘凉来灵水阁消磨时光。

"最近都没有什么客人上门吧！"喝着秋如亲手酿的梅酒，李亦蚧优闲地跷着二郎腿，对着正在擦拭一对铜酒杯的安泰说。

"有你这样死皮赖脸的客人，谁还敢上门来？"安泰是笑吟吟的模样，看起来二十到四十岁都像。

"若不是上次损坏了父亲喜爱的暖玉，也不用躲在你这地方。"

"事情已经过去很久了，想必你父亲也知道宫中的事情了，又怎会为难于你。"

"嗯，"李亦蚧做出一副无奈的模样，将玉盏中的酒一饮而尽，"确实是无处可去啊，洛阳如此之大，却没有一处容得下我啊。"

"这样如何，"安泰忽然凑近了他，笑得万分暧昧，"长乐坊里新去了几名舞女，听说都很不错，李公子何不去看一下？"

"真的吗？"李亦蚧来了精神，将喝空的酒杯放回桌上，大声地吆喝，"再来些酒吧。"

"当然是真的。"安泰的眼睛完全眯成了线，"尤其是一名叫阿侬娜的，仿佛画中人儿一般，会跳已失传的飞天舞呢！"

李亦蚧的双眼瞪得极大，仿佛巴不得立刻飞去长乐坊，好一睹其貌。

"阿依娜的琵琶也弹得极好，真是天籁。"

"那么安泰啊，我就不打扰你了。我还有事，就先离开了。"

看着李亦蚧几乎是一跃而起的身影，灵水阁的主人嘴角与眼角同时上翘，画出美丽的弧形。

"真是个好色之徒！"

待李亦蚧的影子完全消失在大门外后，从二楼下来一名女子。

"秋如啊，把客人请进来吧。"安泰微笑着，李公子应该已经走远了。

侍女秋如便推开了侧门的一幅一人高的山水图。

似乎有寒气裹着一股腥臭味而来，站在门口的秋如打了个寒噤，忍不住用丝帕捂住了口鼻。

门那边黑洞洞的一眼望不到底，一个面目憔悴的男人站在外面，手中握着一束画轴。

"请进来吧。"安泰伸出一只手，做了个"请"的姿势。

两人在厅堂内坐下。这位客人看起来经历了长途跋涉，他衣衫破裂，满脸风尘，一双眼中皆是迷茫，头发与胡子也是杂乱的。

整个人，瘦骨如柴且散发着恶臭。

"这位客人有什么好东西要给我看的吗？"秋如送茶来时，安泰问。

男人并不说话，只是急忙将那杯茶喝下，似乎也是渴了好久，然后才小心地将身上唯一一样完好的东西放在桌上。

与憔悴的男人相反，画轴是崭新的，用一根红丝拴住。

"画……看……请。"他十分艰难地吐出这三个字，用手指着画轴。

安泰解开丝绳，却是一幅奇怪的画，有花有草有小鸟蝴蝶，却唯独中间空白了一片，缺少了主角。

"跑了……她，从画里……"男人指着画的中心，"跳舞……"

画轴长约三尺，宽一尺，右下角有红色的印章同题词。

"陈林章"三个红字，印在画下，应是作者的名字，而另外一行小字题了"飞天旋舞图"。

❀画师❀

"你就是那个画出《飞天旋舞图》的陈林章？"安泰万分惊奇。

对面的男人肯定地点了点头。

《飞天旋舞图》，是十年前死去的陈林章的作品，是一个奇迹。

从绿草地上平地而起舞的女子，跳的是从世间失传已久的飞天舞，观者只要从一个姿势就可以看出整套舞姿的感觉，且仿佛能听到足铃的声响。

若不是潜心研究过整套舞的人，经过长时间地观摩与刻画，是断然画不出如此作品的。

画中女子有着非同一般的软腰，半个侧脸用青纱遮住，露出一只杏眼流顾生烟，长发佩着璎珞，随着身形流动。

然，据说作者不能超越这幅画的水平再创作，且不能跳出对画中亲自创作的女子的爱恋，于是带着画失踪，随后便传出已死亡的消息。

只是眼前这个，真的是那个已"死去"十年之久的陈林章？

画倒是同传说中的一样，唯独少了美丽的舞女，印章与题词也没错。

"你带着这画流浪了十年？"

"十年？"男子结结巴巴，困难地说，"不……知……多久。连、说话……

也、忘了。"

"那么，这幅少了主角的画你想卖多少银子？"

"一千两。"陈林章异常清晰地咬出这三个字。

这幅画在十年前，曾叫到天价，可那时陈林章也没舍得卖，如今因少了女主角，而跌得一败涂地。

"好，就一千两。"安泰答应了，并屈指通知了秋如。

"解……脱了……"男人看到安泰将画收起来的一瞬，忽然发出了笑声，"她，不在了……画，也不……在了……"

安泰的目光带着些怜悯的味道，嘴角依旧是百年不变的微笑。

安泰看着这个穷困潦倒的男人，用慵懒的声音提醒："拿这些钱去好好挥霍吧，填补你那十年的空白人生。"

那过去是命根的画轴被安泰放在架子上，陈林章甚至连看也没有看一眼，他的眼睛发光地看着秋如拿来的银票。

"这已经是属于你的了，你可以任意支配。"

陈林章满足地笑了，抓起那张小小的纸片，几近疯狂地冲出了灵水阁的大门。

"他疯了。"秋如摇摇头。

"他只是解脱了，从《飞天旋舞图》中，从盛名中，彻底地解脱了。"安泰微笑着，道出其中的缘由，"只是解脱了，他就彻底地死亡了。"

❖舞女

长乐坊中，歌舞升平。

李亦蚧坐在软榻上，斜靠着身子，看一名舞姬跳舞。

传说中的飞天舞，其实是难以用语言来形容的美妙，必须是身体特别轻柔、温软的女子，才能比画出那样奇妙的动作。

舞姬赤脚踩在红毯上，有着白皙的皮肤，非同一般的软腰，脸部在青纱下若隐若现，一双杏眼流顾生烟，长发漆黑得像夜幕一样，伴随着身上的璎珞，顺着舞姿流动。

真是天上都难得一见！长乐坊能请到这样的舞姬，吸引像李亦蚧这样一掷千金的贵公子哥儿，确实要大赚一票了。

也难得有这样几天，让灵水阁安静了好些。

"奴家的名字是阿依娜，感谢公子每天都来捧场。"

一曲舞下来，舞姬款款走向李亦蚧，亲自替他斟了一杯酒。

李亦蚧慌忙接过，差点儿将酒洒到地上，阿依娜身上浓烈的香味让他有眩晕的感觉。

"只是、只是不知在下是否有幸，请姑娘共度中秋夜？"

吞吞吐吐，李亦蚧慌忙将早准备好的话讲出来。

长乐坊的舞姬当然是聪明人，一开始老板就吩咐过了，李公子是付了大价钱的，要好生伺候，若是他高兴了，银子当然是少不了的。

阿依娜微微一笑："能与公子一同赏月，是奴家的福气。"

这一句话足以让李亦蚧好几天都睡不着觉了。

❖油灯❖

"李亦蚧有十天不曾来了吧，还真是无趣呢。"安泰将喝空的酒杯放回桌面上，似乎是自言自语地说了一句。

"那种人，却是不来也罢。"秋如将空酒杯又添满，冷冷地说，"泡在长乐坊不肯离去就是了，李府的金桂说，他每夜都回去得很晚呢！"

"阿依娜可是人间难得一见的呢。"安泰笑着说，"只是今天中秋已过，大概她也会来这里了。"

"总是什么都被你算尽了，什么都看得太清楚了，未免不快乐。"

"那就看看有没出乎意料的事发生了。"

"能不在你的计算内，确实是少有的事。"秋如苦苦地笑了，"几乎不可能。"

灵水阁的主人不再说话，他只是微笑着继续喝酒。

那笑容，百年不变，洞穿一切。

"我就是……期待意外呢。"

"李亦蚧！李亦蚧！"安泰那只叫"绿儿"的绿毛鹦鹉忽地冲进来，停在安泰的手臂上。

"真是说曹操，曹操就到啊。"

当然李亦蚧不能是曹操，他进来时，像一只斗败了的公鸡，垂头丧气。

"中秋之夜过得不好吗？"安泰笑道，用折扇压住自己的嘴，努力不笑得太夸张。

"真是太过分了，那盏灯，"李亦蚧怏怏地坐在对面的椅子上，"太过分了……"

"灯怎么了，在灵水阁出售的东西，都不能退换的哦。"

"居然跑了，从画里面。"李亦蚧的神情看起来失落到极点，"昨夜点灯，赏月，好不容易约到阿依娜，便让她看那盏走马灯。开始都好好的，后来油将尽了，灯上女子竟从画上跑了下来，没有了！"

"那也是你自己的不对，昨夜明明是月圆，还是中秋月夜，谁让你点灯了？"

"这……也是。"李亦蚧忽然觉得自己语塞了，当初是有嘱咐过他不要在月圆之夜点的。

"那么那位阿依娜姑娘呢？"安泰问，"与你共度中秋夜了吗？"

"开始好好的，只是灯中跑出的东西似乎吓着她，便托病离开了。"

"那可真是可惜了！那灯，世上只有三盏，要卖到很高的价钱呢！"

似乎因为李亦蚧的脾气一向很好，所以任安泰怎么戏弄，也从没有生气。

"阿依娜说也想来你的灵水阁看看，她也知道你老是有些奇怪东西。"

"是你告诉她的吧！还是她向你打听的？"安泰眯了眼睛，"你恐怕已经告诉她灵水阁的地址了吧。"

李亦蚧不语。

"你也二十有三了吧，媒人也来提了三次亲，怎么还不定下终身大事来？"安泰微笑。

李亦蚧忽然有些激动，他的眼睛瞬间发了光。

"武将军与张富商的女儿我都不喜欢，"他声音微颤，"我一直在等一个让我一见如故，仿佛等了三生三世的女子，我……"

"你以为是阿依娜？"安泰忽然打断他的话，并将折扇击在桌上，发出一个清脆的音。

忽然安静了，也听不到绿儿乱扑腾或是剥花生的声音，连墙上的水纹也变得温柔了。

"难道不该是吗？"

半晌，才听到李亦蚧很低的发问声。

亦没有人回答他。

安泰依旧是老样子看着他，折扇的一端点在桌上，一双狐样的眼睛，少有的严肃。

◈归属◈

"客人，客人！"绿儿忽然又扑腾着进来，将古怪的气氛打破。

于是墙上的水纹又开始正常波动了，安泰的扇子也自然地敲打起桌子来，秋如去打开了檀木的大门，进来的却是长安坊的舞姬阿依娜。

"你还是来这里了。"李亦蚧无比吃惊，显得有些手足无措，慌忙地整理衣衫，又抹了抹头发。

然而女子仿佛根本没有看见他，也没有听到他说话，径直冲到安泰面前。

"你是灵水阁的主人？"她问。

"是。"安泰摇着他的纸扇，脸上展开迷人的微笑，"小姐有什么好东西要给我看的？"

"不。"她摇头，"反而要请求老板舍爱将那画卖给我。"

"什么画？阿依娜，你不是身体不太舒服吗？"李亦蚧傻乎乎地凑上前。

但是并没有人搭理他。

"不知姑娘指的是哪一幅画，小店里收藏的名画也有好些，就是不知姑娘是否看得上眼。"安泰屈指在桌面上敲了敲。

秋如将五十多幅画放在桌上，每一幅都裹得整整齐齐，扎着红丝绳。

"老板又何必这样呢？"阿依娜没有动手去拿其中任何一幅，"这些都不是我想要的，以老板的为人，应该知道阿依娜是谁，指的是哪一幅画。"

安泰不语，只是笑。

"若老板是担心银子，大可不必，我小有积蓄，从那些浪荡子的身上……"说到这里，阿依娜瞟了一眼旁边的李亦蚧。

"……我是一个浪荡子？"李亦蚧有些受打击。

"更何况，那画轴，本该属于我。"

阿依娜的言语，斩钉截铁，无半点儿可商量的余地。

秋如按安泰的暗示，从右边的架子上，拿下了另一幅画，扎着黑线。

"姑娘请看吧。"安泰将画推上前，"陈林章的《飞天旋舞图》。"

"《飞天旋舞图》！"安静了好一会儿的李亦蚧忽然跳起来，"安泰你说这是陈林章的《飞天旋舞图》？"说罢，他伸手去拿。

然而阿依娜抢先一步，抓起那画，也不验真假，将数目巨大的银票丢下，几乎是跑出了灵水阁。

灵水阁的主人只是苦笑。

"很不幸，她被你言中。"秋如走来，收拾桌上的画与银票。

"你们到底在做什么？什么不幸？"李亦蚧冲上来，万分激动，"还有，你卖了什么给她，要那么多的银子？"

"《飞天旋舞图》。"安泰很平静、很直接地告诉他，"陈林章的《飞天旋舞图》。"

李亦蚧永远是不用脑子的人，激动过后，完全不知道自己要干什么或该干什么，即使得到想要的答案后，也只是发愣。

当得到最正确的答案后，却发现它是最无用的。

这是一句名言。

"你该不会是真的爱上她了吧？"半晌，安泰又继续嘲笑起李亦蚧来。

李亦蚧忽然脸红了。

"刚才那么激动真是不好意思，也不知怎么就控制不住自己了。"

"也许你的直觉，是准确的。"他对面坐的那个男人优雅地说。

◈寻找◈

洛阳，九月忽然下起了缠绵绵的雨，淋得人心也烂了。

长乐坊少了阿依娜生意也差不到哪儿去，灵水阁依旧是灵水阁的样子，李亦蚧依旧是那里的常客，借口躲雨。

在洛阳，一掷千金的就那几个公子哥儿，他们若安静下来，洛阳就显得无聊与空白。

倒是有一个男人一把年纪了，却常穿得光亮去喝酒，不是人们熟悉的那些富家子弟，这个男人满脸憔悴、骨瘦如柴，银子似乎很多，却没有什么谋生的手段，好在翠红楼的老板娘并不介意这些，有钱，就可以在翠红楼随意逗留。

虽然有很多传闻说他是不吉利的人。

他仿佛在发泄般地挥霍银两，乱七八糟地做一些事情，但在翠红楼中的过度放纵并没有使他快乐，反而让他更加消瘦、沉闷与暴虐。

"请问，是不是有一位姓陈的公子在这里逗留过？"

大约又过了一个月，居然有人上门打听来了，要寻找那个人。

"是啊。"老鸨嗑着瓜子，毫不在意地说，"花光了银子，便离去了，我们也不知道他来自何处又去了何处。"

打听者是一位女子，蒙着面纱，让人看不清她的相貌。

"前些天有人见他在东湖的桥洞里，姑娘不妨去看看。"有个丫头好心地提醒她。

十月，依旧是绵雨连连，阿依娜撑着油纸伞，手中紧握着那一幅画，生怕雨打湿了一点儿，她匆匆在街上行走，因为蒙着面纱，也并没有路人认出她来。伞脊滴下的水浸湿了她的背心，裙边沾满了泥点，一双绣花鞋甚至辨不出色彩来，却没有丝毫要停下来的意思。

东湖下的桥洞，一直是流浪汉与乞丐们生活的地方。

据说当年陈林章画《飞天旋舞图》时，是在这支舞的最后一名传人的帮助下，足足看了三年，画了三年。她每天舞，他每天画，不知舞了多少次，画了多少次。

画成的那一天，她死了，他疯了。

他们的女儿，刚好三岁。

然而如今的陈林章，又老又丑，躺在桥洞中，身体散发着恶臭。
阿依娜小心翼翼地上去，轻轻地拉了拉那又脏又臭的男人的手。
然而陈林章的手从胸口滑落下来，落到冰冷的地上。
"啊！"一个女子撕心裂肺的哭声。

❖影子❖

"他死了！"灵水阁中，阿依娜坐在安泰的对面，抑制不了悲伤。
"很遗憾，阿依娜姑娘。"
她将那幅画放回桌面，展开依旧是绿草地、小花、蝴蝶。
"你是在恨他吗？"
阿依娜摇摇头。
"你是恨他没有尽到做父亲的职责，将你抚养长大？"
阿依娜的身子颤动了一下，又点点头。
安泰却是一如既往地笑着，似乎是没有任何忧伤可以将他感染。
"那你曾知道，你死了三个月了？"
对面的女子茫然地抬起头，除去面纱的她，看起来不过十二三岁，一
脸童稚，她的眼中带着奇异的色彩，看着安泰。
"你已经死了，况且'阿依娜'也不是你本身的名字。"
"我不明白你在说什么，我只是想找到父亲。"
"应该说，这身体不叫阿依娜，而是你用了香秀儿的身份。"
阿依娜那童稚的眼中忽然变得深情、沧桑与成熟，仿佛还有失望。
"老板果然不是常人。"她赞道，"识破我这点儿小把戏很容易吧。"
"不是识破与否，而是从一开始，我就知道。"

阿依娜点点头："什么都不重要了，我努力地找到一个合适的身份，他却把画卖了，我把画买回，他却失踪了，待找到了，却又死了。等这么久，这么久，确实是没有缘分。"

"你可知道，他担不起尘世的眼光，在迷途中逃亡了十年，只为与你单独在一起，而你只为了一些无聊的事情离去，于是他的精神没有了寄托……"

"什么是无聊的事情？"阿依娜忽然变得激动，"我只是想和他堂堂正正地在一起，不再颠沛流离，不再风餐露宿。"

"即使香秀儿是他的亲身女儿？是他在这世上唯一的亲人？"安泰摇头，"你本只是画中的人，有了不该有的思想与感情也就罢了，怎可以，伤了她们母女的性命？"

阿依娜的身体猛地绷紧了，像一张弓，目光中也有了凶意。

"为什么你会知道？为什么你会知道这件事情？"

"不要问为什么，只要你做过的事情，就不要奢望别人不知道。"

"我只是想单独同他在一起，然而那个女人，却无时无刻不占据着他的视线。"

李亦蚧在屏风后出了一身冷汗。

安泰特意吩咐秋如在厅堂内放上屏风，为的就是让李亦蚧在后面，好好地看这一幕。

"你只是她的影子。"

"不！"阿依娜的情绪有些无法控制，"我是我，她是她，我们从来没有关系！"

◈画魅

"咚咚！"

屏风后的李亦蚧只听到两道清脆的击扇声，所有的一切忽然安静下来了。

阿依娜压抑的抽咽声，安泰的击扇声，一切都没了踪影。

李亦蚧鼓足勇气从屏风后探出半个脑袋，看到灵水阁的主人像石像般坐在椅子上，墙上的水纹安静得仿佛不动了，阿依娜不知去了哪里，唯有那画，还展开放在桌上。

"咚！"

忽然，又出现一道击扇声，把李亦蚧吓了一大跳，背上一阵冷汗，使得薄衫贴在了背脊上。

"李公子，可以出去了。"

秋如不知道什么时候出现了，将屏风收起，轻薄仿佛一张纸般折叠起，揉成团，竟有一张信纸大小，信手丢在了纸兜里。

确实是没有什么事情，不可能在灵水阁发生。

李亦蚧带着不安的心情坐在安泰对面的椅子上，双手老实地放在膝盖上，手心中是密密的一层汗水，他瞟到安泰的表情，看见依旧是笑容，才勉强松了一口气。

"看看这画吧。"灵水阁的主人用扇子指着那价值连城的画。

依旧是那画。

李亦蚧是第一次看到画的内容，那画中的女子，确实是他朝思慕想的阿依娜，她的侧脸用轻纱遮住了，却看不清眼神，那画面上，依稀有水迹。

"不过是如此的画而已，身体僵硬，动作并不像传说中的那般轻柔，一般人轻易也能画得出来。"李亦蚧说，"哪里值那么多银子。"

"那是因为画已经死了，没有感情了。"

"阿依娜吗？真的只是画魅而已吗？"李亦蚧失望地用手抚摸着画轴。

秋如却径直将画收起，用黑色的丝线拴起，画被拿起来时，滴滴答答直淌水，桌上顿时湿了一片。

"是泪吧……"秋如仿佛自言自语，"主人，你又没能得到意外。"

"泪吗？"李亦蚧用手指沾了一点到口中，"咸的，果然是泪水的味道……"

❖尾声❖

十月，阴雨连绵。

灵水阁的老板出钱葬了这位曾经显赫一时的画者陈林章。

上好的柏木棺材装了陈林章干瘦的身体，由四名仆人抬着，出了城，葬在后山。

出葬的队伍并不大，稀稀拉拉的几个人。有些好事的想来凑个热闹，却也不太记得陈林章是何人。

墓碑上是安泰替陈林章写的名字，墓前青烟，就算送他离开了。

送葬的洛阳布坊的老板想起三月前布坊中病死的丫头，似乎叫香秀儿，也就是这个人的女儿，父女俩也不知见过面没。他看到灵水阁老板的身后那佩着璎珞的女孩儿，似乎就是香秀儿。

"噗——"

女子忽然像脱了缰的野马，扑向那墓前的烟火中，一卷秀色，化作灰烬。

然而，仿佛只是他看花了眼，火中只是插着一支画轴，灵水阁老板的身后，也并无他人。

"呜……"火中发出一丝呜咽，像极了女子的哭声。

火舌很快吞了上来，即使是价值连城的《飞天旋舞图》，也迅速化为灰烬。

"香秀儿的杜鹃花，绣得可是天下第一啊……"半晌，他仿佛记起这个事情，自言自语地说了，摇摇头，走开。

笛声怨

只是偶尔客人们酒醉后，还会提起长乐坊的那个奇女子，
说她为了一个穷书生卖掉了祖传的珍宝给自己赎身，
却因为再也不能吹出美妙的笛音而被抛弃了。

◈绿意◈

绿意从来不知道，洛阳城中，有这么一家古玩店。

两层的木楼，檀香木的大门，衔着铜环的狮子头像，以及门上绘制了
不知什么兽的图案，屋顶是飞起的檐角，风一吹就会有铜铃的声响，招牌
倒是很大，却没有一点儿古玩店的样子。

门口坐着一个穿绿衫子的小男娃儿，不过三四岁的样子，光着小脚丫
子坐在门口剥花生吃，一双黑漆漆的眼睛骨碌碌地打量着绿意。

绿意只觉得那房子怪怪的，小娃儿也怪怪的，于是摸摸怀中的东西，
犹豫着要不要进去。她是听说这家店常收些没人要的东西，出价还蛮高，
却是不要金银之类的俗物。

她怀中是一只青花的瓷盘，薄胎青釉，也是一件做工极好的上品。

盘底绘的是一对游水戏耍的鱼儿，边缘上有只翩翩的蝶儿，栩栩如生，
仿佛一着水就会活起来。

就是这么一只盘子还是绿意家传了几代的了，从外曾祖母起，做了祖母、
母亲的嫁妆，据说是什么珍贵的东西。可是传到绿意的母亲手中，却也说

不个清楚来，外面的店铺最高只肯出到五十贯钱。据说只是做工精细，并非名家之手，也并非年代久远。

于是她才带着盘子来了这家叫"灵水阁"的古玩店。

❖瓷盘❖

"进来，进来！"绿衫小娃儿忽然把花生都丢了，跳起来替她推开了檀香木的大门，冲她一下一下地招手。

"进来，进来！"见她不动，他于是又来拉她的衣角。

绿意心中很是犹豫，但还是小心地走了几步，迈进了门槛。

"哐当！"绿衫小娃儿立刻又将大门关上了。

"进来，进来！"绿衫小娃儿还在冲她招手，又冲着屋子里喊，"客人，客人！"

于是厅堂的门就开了，出来一个应该是老板的男人。

"请进来。"他一侧身子，让绿意进了屋子。

厅堂一样比外面看起来宽大，光线却是幽幽的带着些水纹，仿佛是透过了一潭深水照下来的一样，四周墙上围的都是红木的格栏，放满了大大小小的或精致或普通的盒子和画卷。

"绿意姑娘有什么好的古玩要给鄙人看的？"男人将她引至一张雕着奇怪花纹的桌子上坐下。

"你为什么会知道我的名字？"很惊讶，她问道。

"为什么，就因为你手中的那支长笛。"男人笑吟吟地说，"谁人不知道长乐坊的绿意姑娘，除了一身碧色的衣裙外，就是那支碧绿的长笛，从不离手。"

绿意觉得，他笑起来真的很像类似狐狸之类的东西。

话说这整个洛阳城，确实没有人不知道长乐坊的绿意和她手中那支长笛。

除了长得美外，她手中那支长笛，虽说只是普通的竹笛，在别人的手中也就只能吹出随便的几首曲子，到了绿意的手中，便会成为如同行云流水一般的天籁，绕梁三日。

然而确实有好长一段时间没有见到她在长乐坊中露脸了，却也不知道为了哪般，要卖掉祖传的东西。

◈蓝珠子◈

绿意叹了一口气，把怀中的物品放在桌面上，小心地揭开红绒布。

怪只怪自己，非要爱上那样一个穷书生。

"这只盘子？"男子屈起食指和中指，在边缘上敲了敲。

"薄胎青釉，成色也不错，但非年代久远，也非名家之手，"他又将盘子翻来翻去地看了看，又说，"却是个好东西，姑娘确定要卖吗？"

绿意急忙点点头，这东西，只怕是没人要，哪有不卖之说。长乐坊的妈妈答应下来，若是三天之内凑够一千两银子，也就让她赎身离去。

男子于是又屈指敲了敲桌面，若有所思地说："一千两，但若是答应了，就不能后悔了。"

绿意只觉得自己的背心和手心都密密地出了一层汗，一千两银子是想也没有想过的数字，该是足够赎回自己的卖身契了。

"绝不后悔。"

"只是绿意姑娘，这物件还缺少些东西，若是能凑齐了，才算得上是珍品。"

"要什么？盘子就一只，祖上传下来就这么一只。"绿意急了，生怕到手的银子飞了。

"应该是这么大的一颗，蓝色的珠子。"他一边说一边打量绿意的身上，手比画了樱桃核大小的一圈。

"噢！"她恍然大悟，从耳朵上摘下来一颗坠子，蓝色的，樱桃核大小。

"非石非玉的，不知是什么质地，也是祖上传下来的。"

于是男人满意地点点头，仿佛是自言自语地说："怎么能少得了珠子。"

他端详了一下蓝珠子，才郑重地把银票给了绿意，并小心地把珠子放入盘子中。

盘子并没有什么特殊。

"对了水，差水。"他又自言自语了，然后不知从哪里用玉盆捧了水出来。

绿意惊奇地看到，一见水盘子就仿佛有了生命，随着水纹动来动去。

男子倒是挺欣慰地笑了笑，不过看起来却不是那么满意。

"绿意姑娘，你的祖上，可否还传下了什么？"

"什么？"绿意想了想，"除了这些，就是……就是……"

女子说着，竟然有些犹豫，之前摘下耳环时候的干脆，不复存在了。

"只是绿意只剩下这一技之长……"

"姑娘不是打算离开长乐坊吗？既然离开了，又何必在意这一技？"男人一边说着，一边用扇子叩着桌边。

"你怎么知道……"

绿意吃了一惊，虽然来之前也听说了这里古古怪怪的，却没想到，这个男人居然什么都知道。

"长乐坊的奇女子啊，啧啧。"男人叹了口气，"也不知道是什么样的男人才能虏获了姑娘的芳心。"

有些不可思议地看着眼前的这个男人，绿意叹了口气："当年爹娘欠下的债，非要绿意卖身长乐坊才还得清，这么多年，也替妈妈赚了不少钱，绿意也想趁着赵公子人好，早日跳出这是非烟花之地。"

"姑娘可是答应了在下，绝不后悔的。"

"只要赎了身跟着赵公子，绿意确实也没有什么好值得后悔的了。"

女子说着便将手中那支长笛送到嘴边，轻轻地吹响了。

◈笛声◈

果然如同传言中说的，普通的长笛中传来的居然是如此悠扬的曲子。

仿佛是一只灵活的鱼儿，自由地在水中穿梭，绿意只觉得今天吹得特别顺畅，仿佛是把曲子从心中彻底地吹出来。

"噗——"

青花鱼儿就像是真的活了，忽然一跃而起，连盘边那只小小的花蝴蝶也飞了起来，顺着笛音在绿意身边飞舞，两条蓝色的小金鱼更是在你争我夺地抢那颗珠子，竟然将水珠泼出了盘子，滴在了桌子上。

她几乎看得呆了，这小小的青花瓷盘居然也能如此神奇。

多么好的一个宝贝，早知道，是一万两银子也值得啊，若不是因为要攒钱也不至于慌着把这么好的宝贝卖了，而且自家的宝贝，居然还不知道有这样的一出好戏。

一曲很快罢了，绿意发现，即使笛子已经离开了嘴边，可是乐曲半晌还在四周萦绕着，久久不曾散去，鱼儿随着笛音的淡去，慢慢地安静了下来，等到最后一个音符消失在空气中，瓷盘又恢复了原来的样子，安安静静的，仿佛什么也没有发生过。

"送客，送客。"绿衫小娃儿又开始叫了，并丢了花生去推开大门。

小娃儿见绿意还恋恋不舍地看着那只轻巧的盘儿，挪不动步子不肯走的样子，又来拉她的衣角。

"送客，送客！"

绿意觉得不过一阵恍惚，就已经出了大门，站在七月炎热的街道上了，仿佛是梦一场，然而手中的银票和竹笛却是冰冷冰冷地刺激着触觉，让这一切又变得真实起来，那支原本从不离手的竹笛，此时却忽然觉得陌生起来，甚至不知道该怎么握着才好了。

绿意有些茫然地看着手中的东西，探视着送到嘴边，憋足了气发出的却是嘈杂的乱声。根本无人再会想到，这是那个余音绕梁三日不绝的长乐坊绿意了，果然是连这"一技之长"也没有了。

她回头看了看木门上衔着铜环的狮子头像依然还是那样，却没了小娃儿坐在门口，不知怎的，却觉得自己再也没有勇气推门进去了。

◈尾音◈

"什么？"原本坐着喝茶的青衣人忽然站了起来，"你赎身了？哪里来的银子？"

"是的，赵公子，"绿意满脸都是兴奋，"我把家传的那只青花瓷盘给卖掉了，你看，还剩了些银子，足够你赶考的费用了。"

"你把那只盘子卖了？"青衣男人的脸色更难看了，"你不是说人家只给五十贯钱吗，哪里来的那么多？"

"可是赵公子，你不知道那只盘子有多神奇，一千两银子，都已经亏了。"女子瞪大了眼睛，一脸惋惜的表情，"自家祖上的东西，居然自己都不知道，要不然……对了，你什么时候带我走？"

"什么时候走？"他忽然变换了声调，"过些日子再说这个事情吧，你看，我不是还有些事情没做完嘛。"

"噢……"绿意拖长了声音，在空气中留下一个脆生生的尾音。

此时已经是盛夏的尾巴，眼看着就要到秋天了。

绿意离开了长乐坊，就再也不是绿意了，她和她的笛子，被总是很善忘的洛阳很快地丢到了脑后，只是偶尔客人们酒醉后，还会提起长乐坊的那个奇女子，说她为了一个穷书生卖掉了祖传的珍宝给自己赎身，却因为再也不能吹出美妙的笛音而被抛弃了。

"是吗？"一个笑起来像狐狸的男人似乎喝得有点儿醉了，"她不是跟着什么书生走了吗？"

"走什么啊，"坐他对面的那个男人看起来也喝了不少，"那个什么赵公子，只不过是个穷商人罢了，又不是什么读书人，看上了绿意家的那个什么……什么来着？本公子当年可是真心……真心喜欢绿意姑娘啊……"

"那……"像狐狸的男人又喝了一口酒，"那个什么绿意姑娘，现在在哪里……"

"在哪里？"对面的男人依旧是傻笑，"谁知道在哪里啊……被抛弃了，还有脸在洛阳吗？何不当初跟了我多好……"

谈话匆匆地被响起的歌舞声打断，一排穿得花花绿绿的女子围绕着一个绿衣女子开始舞蹈。

"我说啊……"像狐狸的男人打了个酒嗝，"现在新来的素素姑娘也不错啊，你看看，何必……何必老是念着那个绿意嘛，多没意思……"

镜花物语

一笑倾城

西北有个小国，名鸠兹，四面皆沙。
鸠兹王纳一神庙女为妃，此女貌美，发长及地，
然，三年不笑。

◈序◈

寒香替两人温了一壶酒，还有一些精美的小糕点。

"你们这里的东西就是与众不同，连糕点也要精美许多，味道也不错，快赶上皇城里面的了。"李亦蚧瞟了一眼送东西来的寒香，"为什么几天不来，你又换了仆女了？上次的如姐姐去哪儿了呢？"

"秋如吗？回家了，她在这儿待得太久了。倒是你，三两天不见，在家中鼓捣些什么？"

"什么什么……"李亦蚧挑了一块雕花的桃酥，一口吞下，"家中祭祖，老爷子要我帮他整理书房，什么文献、家谱啊全都要收拾。"

"那么发现了什么？"安泰笑吟吟地说，"专程来献宝。"

"那是，发现了好东西呢，不过作为交换，你也得给我说说你最近收到了什么好东西。"

安泰笑了笑，便答应了。他唤来寒香，要她去二楼取那只玉匣子。

"刚得到的珍珠，是个好东西呢。"

安泰打开那玉匣子，从软布上拿起那鸽子蛋大小的粉红珠子："看到了吗？它的名字叫'妃子笑'……"

"噗——"

李亦蚧刚吃下一个圆形的糕点，听安泰这么一讲，又瞧见那粉红的珠子，竟一下子噎住了。

"不要那么激动嘛。"安泰替他拍拍背，又端来茶水。

"咳咳！那真是太有缘了。"李亦蚧喝掉半杯茶，边咳边说，"不是我激动，你看这个。"

他展开手中的手札，发黄的纸上赫然写着四个字：倾城之笑。

◈鸠兹当之◈

"西北有个小国，名鸠兹，四面皆沙。"李亦蚧大声地念，"鸠兹王纳一神庙女为妃，此女貌美，发长及地，然，三年不笑。"

鸠兹的风沙一直很大，但多亏了那些高大的树木与经过的河流，使这块本该不毛的地方，竟有了人烟，繁荣了起来。偌大的鸠兹王宫，也不输于汉水两岸的帝王。

鸠兹的圣殿，除了王宫便是神庙。神庙中有专门的神官和终身侍神的神女。这些女子往往是一出生便送入神庙，由神职人员养大，侍候神。其中有专门的地位较高的两名神女，是王宫内的公主或是大臣公的女儿。

这一年，新的神女挑出来，一名是先帝兄弟的女儿，也就是当今鸠兹王的表姐，一名是右大臣的幼女。

论身份，当然是王女更显赫。

然而两人一同长大，感情却是极好，自小一起学习那些神话、传说、神庙的规则，两人学起来都游刃有余。而王女班沙娜，因长相美貌，略有天眼，能窥得前尘一二事，身份在众多的神女之中，更是显赫与独特。

书上有记载说："王女班沙娜，因其母早逝，三岁入殿，聪慧明理，其貌惊人，能识星家，通卦文，略知天命一二，唯神女之首。"

因为母亲过早去世，其父要另结新欢，便将班沙娜送入神庙，做了神女。班沙娜常年在供职的神庙中学习各种知识，十二岁后，就不允许再出庙门了。好在班沙娜生性淡薄，不太向往外面过于复杂的事情，所以生活也算平静。

书上对于她的美貌也有记载，说她不为骄阳所灼，"肤盛白缎，柔比裘衣，发长及地，面若桃花"。她的美貌吸引来众多的富家子弟、王臣公子，想要一睹芳容，却都被她拒之门外。

她对最好的朋友说："神女的职责便是侍候好神，没有那么多的琐事值得眷恋。"

鸠兹历 297 年，班沙娜的舅舅，鸠兹的第七代国王去世。按照惯例，葬礼要在大神庙中举行，而且由班沙娜与她的好友尤麦丽一起引导亡灵。

故事便是从这里开始的。

国王的圣体躺在一口铂金的棺材中，四周镶满了钻石，这是一位好国王，体恤民情、爱护百姓，整个鸠兹城中的百姓都为他哭泣。护送他棺材来的是即将继位的幼子，也是班沙娜的表弟。

老神官在大殿中向外宣布了国王的死讯，并宣告这位国王在位时的功绩。

尤麦丽发现未来国王的眼睛从一进入神庙开始，就没有离开过美丽的班沙娜，他那双深邃的眼睛，直直透过了班沙娜的面纱。

虽是亲戚，两人却从没有见过面，也不知道彼此的存在，第一次相遇虽是在国王的葬礼上，却似乎并不算晚。

老国王的圣体被葬在神庙，鸠兹的历代王，都埋在这里。

接着，新王继位，大赦天下。

而同时，也有一圣谕传到神庙，班沙娜被选召入宫。

整个鸠兹，忽然沸腾了，侍候神的神女，怎能嫁人为妇？

班沙娜抗了旨，将自己关在房间中，不出一步，除了尤麦丽外，不见任何人。宫中的赏赐品一箱一箱地抬进来，堆满了神庙的大殿，她也丝毫不为所动。

"我本是侍神之女，就不能嫁作人妇，更何况，我是他的姐姐。"尤麦丽替班沙娜传话。

然而即使是斥责声四起，新国王依旧一意孤行，他不理朝政，每天守在神庙之外。鸠兹历 298 年，在坚持六个月后，班沙娜终于领旨入宫，于是新王大宴臣民，减税三年。

但是，貌比天仙的班沙娜不会笑了。

鸠兹王宫，后殿。

貌美的新王妃坐在露天的阳台上，梳理自己的头发。

直垂到脚跟的长发如同一匹黑色的缎子，白皙的手握着象牙的梳子一下一下缓慢地梳理，头发顺得仿佛一汪流水。

她的面前是一把金色的箜篌，偶尔她也会用手指弹两下，发出动人的声音。

鸠兹王大宴宾客去了，她是从宴席上假装身体有恙离开的，想要观一下星象。

只是自进宫以后，她能从星象与龟卦中得到的信息忽然少了，仿佛是在未来蒙上了薄纱，让她窥视不到。

一阵风吹散了浮云，露出了一片灿烂的星星，班沙娜便丢下象牙梳，努力地想要从星空中获取什么。

东西角有五颗星连成一线，仿佛一个微笑的嘴角。

"哐当……"

箜篌的弦被班沙娜拨断一根，发出清脆的声音。有宫女听到异样的声响赶来，看到貌美的王妃捂着脸，泣不成声。

"鸠兹当之……"呜咽之中，班沙娜发出这样四个字。

❖神女为妃❖

"鸠兹君其暖之，为博其一笑，伐尽木为之筑，妃不笑，又捕尽珍兽为之烹，妃不笑，掘地三尺以求玉石为之饰，妃亦不笑。"

鸠兹四周临沙，是沙漠中一片绿洲，常有来往的商人经过这里，在这里休息或买卖。能确保这里繁荣的，也就是那些顽强的沙中红柳树，以及两条河流。

然而这新修的宫殿，砍下几乎一半的红柳树，只因国王为讨好这个不笑的妃子而已。

"你为什么不笑？"

新的宫殿建成后，班沙娜去神庙见了她的好友。

"我不能笑……"面对好友的询问，班沙娜只能这么说。

"你自小便能窥天命，莫不是看到了什么？"

"是。"

"那是什么？"

"五星一线，狐犯紫薇。"

尤麦丽几乎惊了一身冷汗，这星象，莫不是——

"国之当亡，"班沙娜冷冷地说，"所以我不可以笑。"

新王似乎并不像他的父亲那样是一位好国王，他喜欢打猎，喜欢歌舞，喜欢各种珍器重宝，唯不喜欢打理朝政，不喜欢体恤民情。

在他继位的这几年，鸠兹的国情，是一年不如一年。更是为了博得美人一笑，砍了护城的红柳，于是鸠兹的百姓，怨言一年大于一年。

他们说："若是这妃子笑了，鸠兹定也亡了。"

新建成的宫殿占地三百余里，飞檐，红色的外墙，金色的瓦片，整块整块磨得光涓异常的大石板铺了地面，宫殿从一条水脉上经过，引了地下水，在后院沏了小水池，床具与坐具都是从汉水两岸运来的上好柏木，饰物皆用金银玉器打造，那些装在墙上的玉石器具，都是掘地三尺挖出来的，可谓是天上地下难得一有的琼楼玉池。

只是面对美仑美奂的宫殿，倾城的妃子，依旧不笑。

那偌大的宫殿，宫女三百，极尽荣华，妃子却更是孤僻地住在一个极其简单的耳间中，将更多的时间用于打坐与摆弄那些杂乱的芳草。

偶尔在有星星的夜晚，妃子便在庭院中看那苍穹星空。

直到鸠兹历307年，那一年，一滴雨也没有下，河水的水位也下降许多，剩余的红柳挡不住那些随风而至的沙子，一层又一层地铺向城市的地面。

"定是真神发怒了，不再保护鸠兹了。"人们都这么说。他们携老扶幼居住在神殿之中，没日没夜地祷告，却是一点儿也不奏效，连带着路过的商人也不再来鸠兹了，似乎是将整个鸠兹都忘了。

大风卷着风沙上了红墙金瓦的宫殿，鸠兹王在这里居住，已有两年不曾回去打理政务了。安逸的生活将他由一个朗朗的少年变成满肚油脂的中年男人，难看、贪婪。

他纳了更多的妃子，收集了更多的珠宝，猎了更多珍奇的野兽。

一个蒙着面纱的女人从侧门进了这华丽的宫殿，她穿着神官侍女的服装，通畅无阻地进了侧门。侧殿的左边是一间很普通的，与整个华丽王宫不搭调的厢房，平淡无奇，似乎连花草也没有打理，甚至有一根不知从何处倒下或遗弃的白玉石柱，横在院子中间。

房门没有关，可以从外面看到，里面十分简洁。一座方方正正的石台，一张红木的桌子上，放着一只小茶杯，一个穿着白衣的女人盘腿坐在石台上，闭着眼睛打坐，身边是四散的芳草。她的长发像一匹缎子般铺在身上，长长的睫毛在白皙的皮肤上投下阴影，即使外面骄阳似火，风沙迷乱，这里却依旧是如同一口深井，安静与不见天日。

感觉到外面有人进来，女子也不睁眼，樱唇微启，向来人问了句："好久不见。"

"确实很久不见了，班沙娜王妃。"来人在石台上也盘腿坐下，解开脸上的面纱，露出一张秀气的脸。

"你怎么出了神殿？"王妃睁开眼睛，向来人问道，"难道神殿也被风沙埋了吗？"

"这倒不是。"来人摇头，"老神官去世了，临死前窥得天象，要我来告诉你……"

"祸从东南来，犯水。"班沙娜打断她的话，"昨夜，我亦同时从星象上读到，鸠兹这一劫，就在这些天了。"

"看来你的能力又提高了不少，老神官窥视天机已搭上了性命，而你却轻易地看到了。"

班沙娜对着昔时好友摇了摇头。

"这些年来，从星象上，我什么也读不到，占卜也是空白，唯有昨天夜里，才读得这些。"

"那么这祸是什么？又怎会犯水？鸠兹的情况，若是有水了，也就得救了。"尤麦丽睁大了眼睛。

班沙娜依旧只是摇头。

"最后这一层，我也看不透。"班沙娜说，"回神殿吧，神女离开神殿太久，真神会发怒的。"说罢，又闭上了眼睛，继续打坐。

尤麦丽无奈，却也只能掩上面纱，匆匆离去。

这次会面，匆匆一别，却都明白了那"鸠兹当之"的天象。

源于神女班沙娜对神的背叛，也是对鸠兹这第八代王的惩罚。

能不能过这一劫，便看天意了。

❖倾城之笑❖

李亦蚧手中的，是一卷已经发黄，边角起毛的旧手札。

不知是祖上哪一代喜欢这些奇闻秩事，竟手抄了不少，而后辈们似乎并不感兴趣，丢在书斋中弃之不理，若不是这次"大扫荡"，恐怕是要永不见天日了。

一小壶果酒已经见了底，精美的糕点也少了大半，寒香也跑累了，坐在门槛上打瞌睡，而李亦蚧手中的书，也只剩下很少的一段了。

"妃梦一白狐衔珠而来，于是鸠兹为沙所覆，百姓无一幸免，语于君，君不以为然，遂命寻之，以圆妃之梦。"

有狐衔珠自东南角来，东南角是祸角，那是否是在说祸由狐带来？

那么珠子又代表什么意思？

班沙娜百思不得其解，而鸠兹君更以为是无稽之谈，他命人大范围寻找这两样东西，甚至派出人马去了汉水两岸。

一只浑身雪白的狐，一颗鸽卵大小的珠子，几个月后，这两样东西便寻到了。鸠兹君命人将狐杀死，将珠子压碎，用以证明鸠兹的命运，不由任何人掌握。

狐通体雪白，没有一根杂毛，一双眼睛晶莹透明，果然是千年难得一见的灵狐。珠子则是微微的粉红色，光滑异常，半透明，来自东海的千年蚌母。

珍珠是代表海水的，传说要人鱼的泪才能变成这么美的珠子。班沙娜见到那白狐与珠子的瞬间，目光凝聚了片刻，居然嘴角上扬，笑了。

果然是倾城的笑，眼睛变成新月，嘴角是带了光辉的星辰，而笑容则是四散的阳光，一时人们都惊呆于妃子的笑容，忘记了手中的事。

珍珠发出异样的光芒，仿佛要把妃子这倾城的笑记下来，半透明的珠子里面，出现了妃子朦朦胧胧的笑容。

白狐趁人不备，咬了抓住它的侍卫一口，衔起珠子，跳入妃子的怀中，像一只温顺的猫咪。

那一天，鸠兹难得没有起风，沙子也没有滚入街道。

这十年来，貌美如仙的妃子，第一次笑了。

◈神的惩罚◈

"妃子笑，鸠兹君喜，大赦天下，开仓济粮，风沙不入城，商贾通行。然，瘟疫四起，医药无效，患者十有九死，城镇十座九空，鸠兹病尸遍野。"

不知是哪里来的奇怪瘟疫，一旦被传染上，便会四肢无力、高烧不退，只需要两三天，一个身体强壮的人便一命呜呼了，任你吃遍千种草药，也没有效果。

这瘟疫，一样不可避免地在鸠兹王宫中传染开来。

最先患上这种病的，是那个被白狐咬伤的侍卫，伤口好了后，他便发热死去，接着是他的儿女、仆人，然后是邻居，一家一家地蔓延开来。

包括鸠兹王，也开始发热，四肢无力。他躺在床上，除了班沙娜还愿意照顾他外，他那忠心的仆人们、貌美的妃子们、扬言与他出生入死的大臣们，都死的死，逃的逃。

曾经繁荣的鸠兹王宫，也冷清得只剩下三个生命，鸠兹王、妃子与她怀中的白狐。

果不其言，那珍珠便是祸水，白狐即是给鸠兹带来瘟疫的使者。

鸠兹王在病榻上，没有多久，便死去了。

整个鸠兹王宫中，只剩下妃子还活着，但她也是命数不多了。

妃子依旧美貌，漆黑的长发，娇嫩的皮肤，仿佛不食人间烟火的仙子。

她嘴角上扬，带着倾城的笑容，站在鸠兹王宫的高处，白狐在她怀中温顺得如同驯服的猫儿，那颗记录了她笑容的珠子，在她的胸前，微微泛着红光。

"哗哗——"风卷着沙子从四周扑来，盖满地面，偶尔露出一两只死人的手，或白骨，或腐烂的肉体。

"砰——"

王妃从高高的王宫高楼上跌下，鲜血在地面盛开两朵红花，一朵是妃子的，一朵是白狐的。

风继续卷着沙子向鸠兹扑来，掩过了妃子的尸体。

"鸠兹309年，国亡，风沙遮城，已无人迹，或三百年一次，风吹沙走，始得见鸠兹一角。"

月亮静静地升起，月光洒在桌面上。

安泰忽一抬头，看见美丽的银盘，忽而一笑。

"难得冬天，也有这样的月亮。"

风沙旧归人

风沙后，沙丘中隐隐地出现了一座城镇，
高大的城墙，城镇的上空隐约飘着炊烟，似乎还有嘈杂的人声。

◈绿洲◈

一路商人在沙漠中迷路了。

风沙翻飞，已经有好几里路寸草不生了。烈日仿佛就在头顶一寸，水袋中的水还剩不到一半，然而预计七天走完的路程已走了十天，前方依然是茫茫的黄沙。

风沙中偶尔吹起一块沙窝，就可以看到人类同马类的尸体，还有些未被夺去光泽的珠宝首饰，在白色的指节上闪闪发光。

没有人去关心那些可能价值不菲的宝贝，也没有人说话。他们需要在沙漠中找一个依靠物，在天黑后，方便休息。然而沙漠却在这个时候向人们展示它的伟大，一望无际，茫茫无边。

一共四人，很不吉利的数字，若是算上那女人肚中七月的婴孩儿，便有五个人。

五个人，一只骆驼，四匹马，在沙漠中艰难地前行，他们留下的脚印，瞬间便被风沙湮没。

货物是要运往洛阳的，途中小心翼翼避开猛兽与强盗，却不料又迷入这茫茫的沙漠，这无边无际的沙丘，怕是比强盗也要猛上十倍。

一只马儿在沙丘上软软地打了个滑，前蹄便跪下了，宁可在炎热的沙丘上大口地喘气，也再不愿意起来了。

最多还有半个时辰，太阳便会落下沙丘，若不赶快扎营，怕是要在这沙漠强烈的温差中永远地睡去了。

怀着七个月婴儿的妇人终于忍不住呻吟了一声，她躺在唯一的那只骆驼的背上，叫着她丈夫的名字："修远，给我一点儿水喝。"

领头牵着骆驼缰绳的男人停下来，用一只小酒杯，接了半盏水，喂到妻子唇边。

半盏水，甚至润不到喉部，在口中便消失了。

然而女人脸上却是满足地笑了，她半睁着眼睛，迷迷糊糊地问男人："就快到了吧。"

男人肯定地点了点头。他替妻子理了理遮阳的斗篷，又默默地转身，拉着缰绳向前走。

"哗……"又一阵大风猛烈地吹过，风沙卷起几丈高，待到人们能勉强看清对方时，人们早已成了沙雕，膝盖以下，没入沙中动也动不了。

男人忙去替她妻子抚去斗篷上的沙子，被沙子磨出的粗手却异常温柔。

"啊！快看。"另外一个男人抬起头，惊讶地欢呼了一声。

一行人顺着他手指的方向看去，风沙后，沙丘中隐隐地出现了一座城镇，高大的城墙，城镇的上空隐约飘着炊烟，似乎还有嘈杂的人声。

这时候最多还有一盏茶凉的工夫，太阳就会彻底地隐去，气温便会降下来，那神秘的城镇在金黄金黄的夕阳的照耀下，仿佛镀了一层金。

"啊！"男人似乎都不会说话了，他们欢呼着，向那沙漠中的绿洲冲去。

❖云来酒馆❖

一个男人在一条不算宽的巷口停了下来，他刚做了父亲，身上还带着小女儿的奶香，手中握着一只软锦囊。

若是没有找错，云来酒馆，就该在这里了，那个人所说的地方。此时早已过了中午，酒馆里冷冷清清的，只有很少几个人坐在里面，乱七八糟地喝得醉醺醺的，男人的目光顺着左面的墙一路小心翼翼地看去，终于在最角落看到一个穿着青衣的年轻人。

"请问……"男人踟蹰地走上前，"有人说，这个东西你会有兴趣的。"

"不知您有什么好的东西要给我看。"青衣人很优雅地喝了一口酒，然后慢慢地抬起目光。

"不是什么好东西，"男人摇摇头，"是一只普通的镯子罢了，是'那个人'托我把它给你。"

男人把那个锦囊放在桌子上，慢慢地打开，确实只是一只普通的玉镯子，而且玉的成色并不见好，上面还雕刻着一朵并不细腻的莲花，藤蔓缠在镯子周身，倒也是很别致。

"你从哪里得来的……"青衣人有些激动了，他似乎想拿起来细看，却抓了个空。

"那个人说……"男人很快把那个锦囊抓了起来，吞吞吐吐地说，"那个人说，你会付银子给我。"

"你叫什么名字，想要多少银子？"青衣人却是很果断地说，"只要你报出数目来。"

"我叫洪修远。"男人抓着头发，犹犹豫豫好一会儿，才吞吞吐吐地报出一个数目。

"我要一万两银子，一万两，可以吗？"然后不等对方回答，又急忙说，

"我的货物全部没有了，家中生意也砸了，需要多些钱，才能养活妻女。"

"可以！"青衣人重重地砸下了酒杯，"我给你两万两银子，足够你开一家店铺，其中一万两是这货物的钱，另外一万两，你要告诉我这只镯子的来历，详细的、一字不漏的。"

男人抓着脑袋的手停在半空中，目瞪口呆了半天，才欣喜地接受了这个事实。

"你要……我的，什么经历？"男人小心翼翼地问。

"与这只镯子相关的，所有。"说着，青衣人招了招手，小二便送上一壶香气四溢的烈酒。

"那是……"洪修远说，"只是怕你……不相信。"

"哪有什么我不相信的！"青衣人几乎是哈哈大笑，"只有你想不到的，没有我不相信的。"

"那你听好咯……"洪修远喝了一口茶，开始讲他的故事。

❀绿衣❀

"我是一个商人，出生在商人世家，因为我是妾所生，所以父亲死后，大哥便主导了家里的几个铺面，因为要生活，所以我只好选择去西域的小国家做趟买卖，囤足资本，做出自己的天地，于是我妻将她的嫁妆如数变卖，替我筹足了钱，并跟随着我一路西行，开始一切都很顺利，却在返回的途中出了些意外……"

洪修远没有料到妻子竟然怀孕了，决定返回时竟已经有了五个月的身孕。

于是沿途的安排就要更加小心谨慎，大概分为十五天为一程，休息一段日子，再起程，同时要尽量避开偏僻之地，以免猛兽与强盗，可谓用尽了心思。

谁知到最后一程时，却在这短短的七天中，迷了路。

"大家在快绝望之时，却在那沙漠中找到了一座城镇，我们都很激动，以为神没有抛弃我们。"

那真是一座奇怪的城，门口并没有守城的士兵，城中也安静得仿佛一个人也没有，但是大家实在是太累了，沙漠中出现这种荒芜的空城其实也并不奇怪，所以谁也来不及质疑，于是便在城中寻了一个看起来还算干净的地方，准备养足精神，再起程。

"你们是谁，为什么到这里来？"

一个穿着绿衣的女子不知道从什么地方出现，站在了一队人的面前。

"我们只是路过的商人。"洪修远急忙说，"迷了路，打算在这里歇一晚，明早便走。"

女子看起来年纪轻轻的，一身绿衣在沙漠中格外鲜艳，却不知为何脸色相当苍白，手上还明晃晃地戴了个手镯。

"不行，快点儿离开，这里不是你们该来的地方。"她并不客气，语气很是严厉，似乎并不打算让这队疲劳的旅人住下。

"姑娘……"怀着七个月身孕的夫人开口了，"你就同情一下我肚子中的孩子吧，走了那么多天，今晚若是住在野外，这孩子怕也是活不下去了。"

微弱的夕阳下，女子的脸稍微柔和了一点儿，她看着妇人干裂的嘴唇，默默叹了一口气。

"前面最多还有半天的路程，一直向西，很快便能出去了，明日天一亮你们就立刻走吧。"姑娘如是说，"不过，若是夜间听见什么声音了，一定不要出声，天亮就好了。"

那时天已经黑了，行李中还剩下一些食物，水却是少得可怜。张强张武兄弟俩去向那姑娘讨要些，却无故挨了骂，几个人只好分喝了剩下的一袋水，希望明天能够走出沙漠。

❀夜游❀

说到这里，洪修远皱起了眉头，将杯子中的烈酒一口吞下，表情迷离着。

"我们太累了，根本没有想过在那种没有人烟的沙漠中为什么会有城镇，四处一个人都没有，反而有个这样的姑娘住在那里。我们那个时候累得要死，我妻子看起来又相当糟糕，我根本就没有去留意那姑娘说了些什么，更不会去多想。"

当天夜里，他们四人就分两个屋子住下了。

睡到半夜，洪修远被一些奇怪的声音惊醒了，他没有惊醒妻子，便打开窗户想看看是什么事情这么闹哄哄的。

这地区夜间是很冷的，月亮直溜溜地挂在天上没有半点儿遮挡，房屋的影子就黑愣愣地投在地上，像鬼一样。

"我当时心中莫名就升起了一股恐惧，外面明明静得跟座死人城一样，却又有奇奇怪怪的声音发出，而且找不到出处，仿佛来自四面八方，无处不在。"

洪修远想起那个绿衣姑娘的话，忽然觉得自己大意了，这种沙漠中，根本不该有这样的一个地方，而进来以后，也没起任何的疑心，也没四处看看，甚至没有留意这城中，究竟还有些什么东西。

"咔咔咔！"这声音，仿佛是撕裂的声音、破碎的声音以及叽咕的声音。

一阵寒意从头凉到脚底，一个在沙漠中摸爬滚打的男人竟然怕得浑身发抖。

"就在这个时候，道路上有了动静，似乎是有人走来，因为月光很亮，也看得很清楚，待他们走近，我看到是一些行人，人数很多，都穿着很华丽的衣服，在街道上缓慢地行走，似乎是在逛集市般。

"啊！"洪修远及时捂住了自己的嘴，使自己没有尖叫出来。

"那看起来根本不是活人，所有的人面部都歪曲了，有的眼珠子就挂在脸上，皮肤黑一块白一条，肉腐烂了，一边走一边脱落，那奇奇怪怪的声音就从他们身上发出，伴随着阵阵恶臭。"

洪修远用手拉扯自己的头发，仿佛想起这些来就是一件可怕的事情，让他又陷入那场噩梦之中。

❖沙城❖

对面坐着的青衣人将他面前的杯子倒满了。

洪修远急忙端起来喝尽，手在止不住地颤抖。

"休息一下再讲吧。"青衣人如是说。

因为经历过长途跋涉，洪修远看起来比实际年龄要沧桑与老一些，眼中除去恐惧便是无助，双手因饱经风沙而粗糙，指节宽大，并不像一个富家的公子哥儿。他的脸上带着从沙漠中归来的人独有的黝黑。

"没有关系，"半晌，洪修远又开口了，"那只是一场梦而已。"

我当时真吓坏了，便立即叫醒了碧水。碧水是我妻的名字，但我并未告诉她发生了什么事，怕她受了惊吓，接着又想悄悄地叫张强张武兄弟，让他们收拾下，我们趁机便走。

然而房门却是怎么也打不开了，楼下的死人反而越来越多，仿佛是一条热闹的街道，街上的铺子也在月光下开张了，像是一座只在夜间活动的死人城。

洪修远被吓得也不敢发出一丝声音，这时候碧水却不知发生了什么事，大声喊他丈夫的名字："修远，替我拿些水吧。"

这个声音在一片死寂中分外明显，楼下的死尸们似乎也听到了。

半晌，有个店小二模样的人拍了拍自己的脑壳似乎想起什么似的，又缓慢地向楼上走来。

上来的却似乎远远不止店小二一人，好几个死尸带着恶臭上来，脚步声在楼梯上杂乱地响着，越来越近了。洪修远冒了一阵冷汗，也不知道是否能躲得过。

"你在干什么，不是叫你们不准出声的吗？"

居然是那个穿着碧绿色衣服的女子，她不知道什么时候出现在了关闭的房间中。月光下她苍白的脸，看起来并不像活人，但是也并不像那些尸体。

她手上那只镯子，在月光下泛着青绿色的光。

"快点儿躲起来。"来不及说什么，女子就急忙将装着布匹的大行囊打开，将夫妻俩装进去，又将布匹散开杂乱地堆在上面，以便通过那些空隙便可以呼吸。

洪修远招呼她也来躲，一边及时捂住了碧水的嘴，不要碧水出声。

"来不及了。"女子说，"我要去应付他们，否则一个也逃不掉。"

"可是……"洪修远顿了顿，"你会有危险的。"

"没有什么的。"女子在月光下幽幽地叹了口气，将手镯拿了下来，塞给惊吓万分的碧水，"你妻子怀着女儿不是？若是你们能逃得脱，只求你们带我离开这里。"

正说着，外面的脚步声就几乎到了门口，女子将最后的一层布堆好，就什么都看不见了。

"请你们带着这只镯子去洛阳的云来酒馆找长玄……他答应、答应在那里等我……"

只听到女子最后的这个声音，四周就忽然安静了下来，连那些脚步声也似乎消失了。

"嗒嗒嗒……"但是能听到那奇怪的声响，破碎声、撕裂声、呼吸声，但好在确实没有什么死尸上楼来了。

"我根本不认识她，也并不知道为什么她会帮我。"洪修远说着叹了一口气，摇了摇面前的酒壶，里面已经空了，他看到对面的男子默默地用手叩着酒杯的边缘，不知道在想什么。

"咳咳！"于是他轻轻地咳嗽了一下，男子才回过神来。

"我在听，你接着说吧。"

"那时我搂着妻子，在布匹中，忍不住就昏了过去，以后的事，便再也不清楚了。"

第二天早上再醒来时，阳光已透过空隙照进来了。奇怪的声音也消失了，洪修远大起胆子爬出藏身之地去看，看到四周居然是一片残垣断壁，废弃了不知多少年的城镇，被风沙遮盖了大半的地面，尸骨满地。

"哗啦！"又一阵风沙吹来，几乎要将整座城镇掩盖。

洪修远急忙拉起妻子，货物也不要了，就要离开，不远处新鲜的尸骨是张强张武兄弟的，看起来似乎是被什么东西给啃光的，衣服还散落在四周，然而却偏偏没有看到那个绿衣姑娘，甚至连那只镯子也不见了踪影。

"我们按照绿衣姑娘说的一直往西走，果然只要了半天的时间便出了沙漠。因为妻子受了惊早产，所以我到现在才来找你。"

背对着门坐的洪修远脸色忽明忽暗，让人不太看得清楚，他似乎有点儿醉了，他将那只锦囊捏得很紧，然后递到青衣人的面前，忽然笑个不停。

"本来我只当那是个梦，可我的妻子、我的妻子难产生下的女儿，居然手中就握着这只镯子……"

似乎是因为锦囊的口子对着下面了，镯子忽然从布袋里面滑落了出来，确实只是一只普通的玉镯子罢了，而且玉的成色并不见好，上面还雕刻着一朵并不细腻的莲花，藤蔓缠在镯子周身，倒也算得上是很别致的。

"不过那个人说……你会付给我很多银子……我说过……我的生意砸了……"

❖梦貘❖

"这位客官，您醒醒……"

此时已经是傍晚了，夕阳红得像血一般，洪修远被酒馆的小二摇醒，才发现自己不知道什么时候趴在桌子上睡着了。

"我对面坐的那位青衣公子呢？"他揉了揉眼睛，看到对面桌子早已空了，只放着一只小巧的酒杯，急忙伸手抓住那个锦囊，锦囊却是空的，里面什么都没有。

"什么公子啊？"小二似乎很不高兴，"您中午就来了，一个人一边喝酒一边嘀咕着，谁知道你在说些什么，我说客官，你睡也睡了好久了，该去把账给结了吧。"

男人很是迷茫地站起来，他伸手在怀里摸了摸，大概是打算拿些铜板结账，却摸出一大堆银票。

"啧啧，客官，看不出您还是个有钱的主呢。"小二伸着脑袋瞧着，"看样子有一万多两呢，啧啧，财不可露白啊，小心被打劫。"

男人更茫然了，他另外摸了些铜板出来付账，站在那里走也不是坐也不是。

"真是的……"小二结了账又来收拾桌子看到男人还站在那里，也不知道是不是自言自语，"那个杯子是谁放在那里的？不是早丢了嘛……"

"你说什么？"洪修远没听懂。

"我是说啊，客官，这里原来有个醉鬼，听说是从西域做生意发了财回来的，不过老婆是遇到什么风沙好像死在途中了，那座城中的人都死光了，好像就那个醉鬼逃了回来，然后就一直在这里喝酒，喝了好几年，说老婆会回来的，不过去年就死了，这个杯子就是他常用的，老板早给丢了……不知道怎么又放在这里……"

"那么，他叫什么名字……"

"谁还记得啊！"小二嘀咕着，"不过别人都叫他什么……什么长玄什么的……"

镜花物语

有狐下树

狐，欲成仙，偶上树，拾其鞋，则其不能下，以树为家，
若有能给予鞋者，狐下树，必报之，然予鞋者必上树。

❈桃树❈

据说洛阳城后的白狐寺中，供奉着一棵高大的桃树，凡是来这里烧香祈愿的人，几乎是有求必应。所以，常有人，不远千里来参拜，一解心愿。

庙里的主持说，这树上住着狐仙呢。

"来，梨儿，给狐仙娘娘拜一拜，让她保佑你啊，能嫁个好夫婿。"一个贵妇人模样的人，带着一大群丫头，对着一个十三四岁的女孩子说。

女孩子的额角上，有一朵红色的、小巧的，像是梨花般的胎记，衬得一张脸秀色了不少。她柳叶眉，小鼻子，薄薄的嘴唇，穿着一件粉红的花袄子，安静地跟在母亲的后面。

"是，母亲。"她乖巧地答应，从侍女手中接过一炷点好的香，在放好供品的树下，老老实实地磕了三个头。

"狐仙娘娘，求你保佑玉梨，让玉梨嫁个好人家。"

"阿弥陀佛。李夫人真是好福气啊，生养了这么一个乖巧的女儿。"听说寺里的大施主来了，老主持便亲自出来迎接，"夫人，小姐，请进屋喝杯茶吧。"

李家是这家庙子的施主，每年要给寺里不少香油钱，李家夫人又常来此处听佛经，所以同老主持是很熟了。

"母亲，玉梨还想在这树下待上一会儿，母亲先进去吧。"

大概是因为女儿素来乖巧听话，所以李夫人也未说什么，便带着丫头们进去了，这里是寺庙的内院，并不担心有外人来。

这棵桃树约有两人合抱么粗，五六米高，因为正值花开的季节，一树的桃花开得是纷纷扰扰，开得盛了的花瓣，随着风吹过，便打着卷儿落下来，盖了玉梨一身。

❀无娘❀

"你好哇，李玉梨小姐。"

玉梨围着大桃树转着圈儿玩，自己数到十七圈时，忽然脖子一凉，一摸是花瓣落入领口，就在这时候，听见了这个声音。

一个女人的声音，娇弱的，又带着慵懒的声音。

母亲带着丫头们进寺内听佛经了，今天也不是参拜神树的日子，哪儿来的别人。

玉梨往四周看了看，确定没人，于是又抬头向树上看了看。

树上满是纷纷扰扰的桃花，粗大的桃树分杈上，竟坐着一个和自己年纪差不多的女孩子。

"你是谁？"玉梨好奇地问，"为什么在树上，又为什么知道我的名字？"

"我当然知道你的名字。"女孩子用双脚钩住树枝，忽地倒挂下来，刚好垂到玉梨的面前，有些塌的鼻子差点儿就碰上了玉梨的鼻尖，"你是靖王爷的女儿李玉梨。"

她有一双好看的丹凤眼，塌塌的小鼻子，嘴巴微翘着，似笑非笑地看着玉梨，因为是倒着，发丝如瀑布般垂下，露出弯弯的眉毛同光洁的额头。

"你的眼睛真好看。"玉梨看着倒下来的女孩子，伸手摸摸自己的眼睛，"笑起来像月牙一样，真漂亮。"

"上来和我一起坐坐吧，好久没人陪我一起说话了。"女孩子又一翻身，坐回了那大树杈上。

"可是我没法上去啊。"玉梨看着自己身上，绣花鞋子、花袄子以及一条长长的裙子，这是怎么也爬不上去的。

"真是个娇气的小姐。"树上的女孩子虽然声音听起来甜腻动人，却不似玉梨似的娇弱，她在树上灵活地转来转去，却是一点儿都不担心跌落下来，"好不容易来个人，怎么还是个不能上树的娇小姐。"

"这……"玉梨规矩地站在树下，"要不你下来吧，下来我们一样可以聊聊啊。"她天真地用手指指树下。

"哗啦！"

女孩子又在树上一翻身，将一双足垂到玉梨面前，好看的眼睛半眯着望着树下的玉梨："看见了吗？你要我怎么下来？"

玉梨看到女孩子虽然穿着一件上好丝绸的衣服，然而一双秀气的足上却是什么也没有穿，赤裸裸地露在外面。虽长久在树上攀爬，却似乎没有半点儿粗糙，细皮嫩肉仿佛一吹即破。

"为什么没有鞋子呢？"玉梨奇怪地问，"这么大的姑娘家裸脚也不害臊啊。"

"这可不能怪我。"树上的女孩子说，"那次我从这树下过，看到满树的桃子结得又大又新鲜，便忍不住脱了鞋爬上来摘桃子吃，等我想起要下树时，不知哪个缺德鬼把鞋子给拿走了。"

说话间，虽然女孩子语气平平淡淡的，但是玉梨依旧从她眉头看到了一丝惆怅。

"你在这树上，待了有多久了？"

"有一百年了吧，当时，我也还是个小姑娘。"

玉梨望着那同她年龄差不多大的女孩子，却是另一种饱经沧桑的成熟。

"你……叫什么名字，到底是谁？"玉梨忍不住问。

"我叫无娘。"那女孩子笑着回答，"不过很多人类都称我为狐仙娘娘。"

"骗人！"玉梨忍不住叫出声来，"你看起来不过和我一般大，怎么可能是狐仙娘娘？还说在树上一百年了。"

"嗬，小丫头，你不相信就算了。"叫无娘的女孩子也不计较，大大咧咧地笑了，"我也没期盼过你会相信我，只不过，你是这么多年来，第一个和我讲话的人。"

"为什么？为什么没有其他人和你说话？"

"那是因为啊，别人都看不见我呀。"

"那为什么别人看不见你，而我又能看见你啊？"玉梨偏着脑袋，"无娘你又骗我了。"

"你可真聪明啊，知道我是骗你的。"无娘笑了，"不过我在这树上确实好无聊，你就陪我多说说话吧。"

"下来不就得了。"

"可是鞋子不知被谁拿走了，这么多年，恐怕是找不到了。"

"不就是鞋子嘛。"玉梨一翘小嘴，"我给你一双就是了，轿子里就有一双，我这就给你去拿。"

粗大的桃树枝，无娘坐在上面，望着玉梨的身影，眼神如一潭望不到底的秋水。百年了，在这树上百年，终于是盼到尽头了。

❖ 鞋子 ❖

"给你，鞋子。"

无娘尚在对着远方发愣，突然被这个声音吓了一跳，低头一看却是玉梨那丫头已经回来了，将一双缎面的绣花鞋放在了树下。

粉红的缎面，上面绣着开得正盛的五瓣桃花，小巧玲珑，就放在树下。

"这不给你鞋子了吗，快点儿下来啊，"树下，玉梨急了，"下来下来啊。"

树枝一阵震动，玉梨不过眨了下眼睛，只见树上一道白影闪过，无娘已经好好地站在她面前了。

"合脚吗？"玉梨问。

"再合适不过了。"无娘答道，撒着欢儿在树下转了两圈儿，快乐得像个孩子，"我有鞋子啦。"

玉梨看到她穿着一件白绸的衣服，居然是道童的样式，大灯笼裤，袖口与裤口都扎着红丝缎。

"你穿得真奇怪。"玉梨说，"还真像那图上的小狐仙，却是一点儿都不像狐仙娘娘。"

"呵呵。"无娘大度地笑了笑，"没有关系了，不过你帮了我，我会感谢你的。这个东西你拿着，算是报答你的鞋子。"

这是一块玄白色的桦木牌，巴掌大小，上面是古怪的两个古篆体字。

"什么意思，无娘，为什么会写着你的名字？"玉梨问。

"那可不是，这木牌你留着，以后若是有什么困难，它定会帮你大忙的，不过只有一次哦！"

李玉梨看到无娘的眼睛中，满是真诚，倒是一点儿都不像开玩笑。

"吱呀！"

寺院的大门一声响，被推开了。

"梨儿啊，你跟谁说话呢？"李夫人从里面出来，看到女儿一个人站在大树下。

"母亲啊，这树上有个女孩子呢，她叫无娘。"

"说什么呀丫头，母亲的经念完了，我们回去了。"李夫人指着那大树，

"除了那大桃树，什么也没有嘛。"

玉梨四下一看，果然是一个人都没有，刚刚还活泼的无娘居然连影子都见不到了。

"噢，刚刚明明在这儿的，一个和我年纪差不多的女孩子，穿着白绸衣。"玉梨急急忙忙地解释。

"好啦，走吧。"李夫人可没那么有耐心，"跟我回家去吧。"

因为不可以违背母亲的意思，玉梨只好乖乖地答应了，老实地跟在母亲后面。

"过些天再来找你玩哦，无娘。"临上马车的时候，她悄悄地对着大树说。

◈求仙◈

距上次来这里，大概有三年了。

似乎是因为那供奉着狐仙娘娘的大桃树不再灵验了，白狐寺的香火，萧条了不少。

除了一些官太太依旧来听佛经外，几乎没有其他人了，这白狐寺百年的香火，可就快断了。

玉梨这次是一个人来的。

自从父亲替她选好婆家后，就几乎没有再出过门。对方是祖上有战功的将军的后代，据说也是彬彬有礼、文武双全，本来也只剩选个日子成亲的事了，可玉梨却是连对方长什么样子，都不知道。

桃树似乎是枯了，院内也满是落叶无人打理，曾经的僧人们也只有一半不到了。

"狐仙娘娘啊，请你保佑玉梨过了这一关，玉梨怕是再也瞒不住了。"

"姑娘难道不知道，这树，已经不灵了吗？"一个小和尚经过，看到虔诚参拜的少女，忍不住说道，"住持说，住在这树上的狐仙娘娘已经离开了。"

跪在树下的女子忍不住颤动了一下，眼神忽然失落了。小和尚看到她的额角，有着好看的梨花样的胎记。

"是吗，已经不灵验了吗……"

"是啊，天色已不早了，姑娘还是请回吧。"小和尚手中拿着大捧的经卷，指着日头落下的地方。

西边的天是一片火海，已经是傍晚时分，家里人该早就发现自己不在了，只是不会这么快找到这里来。

——那路上空无一人，甚至连个影子都没有。

"姑娘是在等人吗？"小和尚见她不住地往山路上看去，"这时候很少会有人上山来了。"

然而却没有听到女子的回答，她依旧望向那小路的尽头。

小路的尽头是安安静静的夕阳，橘色的太阳像是一个金色的小球，慢慢地向下滑落。

"……子能，到了吗？"她的嘴里呢喃着，食指扭着包裹的一角。

"哞哞……"

仿佛是回应她，那路的尽头，忽然扬起了细微的尘土，似乎是有快马来了。

"子能！"女子的嘴角微微扬起了笑容，连带着额角的梨花也有了颜色，她念着情人的名字，急匆匆地迎上去。

"哎……"小和尚摇摇头，正准备转身，却又听到女子的尖叫。

快马一共四匹，随后还有一顶软轿子。

本来满怀激动的女子忽然变了脸色，一脸的惊恐，手中的包裹也落了地。

　　四个健壮的家丁模样的男子从马上下来，扭住浑身颤抖的女子，就要往轿子中送。

　　"不要，我不要回去。"她挣扎着，想要挣开抓住她的手。

　　"梨儿，不要再闹了！"轿上下来一个盛装的老妇人，"你还嫌脸丢得不够大吗？"妇人的语气带着七分怒火，三分克制。

　　"不，不，我要等子能来，子能会带我走的。"女子尖叫着。

　　"够了，梨儿，他不会来了。"妇人的口气忽然加重了几分，"他不过只是一个平民，有什么……"

　　"不，不，他会来接我的，子能不可能丢下我，他答应我……"

　　"太阳下山时分在白狐寺的桃花树下，是吗？"

　　女子忽然顿住了，她的话被妇人打断，半天说不出话来。

　　"……你，怎么知道我和子能的约定？"

　　"你以为，他是什么忠贞不渝的人？若不是他供出的，我又是怎么知道这个偏远的地方。"妇人似乎有些嘲笑，"杨子能有什么好？哪比得上陈将军，你是我们李家的女儿，当然要选个好人家。"

　　女子忽然安静了，也不闹了。

　　像个真正的大家闺秀般，她看着妇人晃动在指尖的那枚玉环。

　　"那么，明白了的话，就跟我回去吧。"妇人点点头，满意地笑了，"只要你跟我回去，乖乖地嫁给陈公子，我就当这事，根本没有发生过。"

　　"是吗？"女子惨淡地笑了笑，用手掩盖着自己的小腹，"怎么可能当成什么都没有发生过。"

　　小和尚听到女子这么低语之后，突然，绿衫子一闪，李玉梨就硬生生地撞到了那棵大桃树上，四个家丁手忙脚乱，谁也没有拉到她。

　　"梨儿，哎，梨儿……"妇人忽然慌了，没有料到一向温顺的女儿做出这样的事来。

"快，快，快扶小姐上轿。"妇人慌忙吩咐，并用手帕捂住玉梨的伤口。

于是又一阵七手八脚，玉梨被抱上轿，四匹马儿护着软轿又匆匆离开了。

"阿弥陀佛……"

看着树上那淌鲜血，小和尚双手合十，使劲儿地叹了一口气。

❀木牌❀

本来以为，这事就这样结束了。

富家小姐约情人私奔，却被情人出卖，被抓回去后，就安安静静地等着来年嫁给家中定亲的男人。

李家权势大，这事也算收拾得干净，却也是堵不住众人的嘴。

例如那个杨子能本只是个赶考路过的文人，同李小姐或许只是游戏一场，见对方当了真，便利用这事敲诈了李家一笔后消失了。

更例如，杨子能这名字，根本就是假的。

不管怎么说，等到次年的九月，李家女儿就该嫁到陈家了。

然而这些事，是与小和尚无关的，他每天依旧是念经敲钟扫地，不管寺庙是不是越来越荒凉，甚至只剩下住持和自己。

香客，一月有一两个就不错了，主持年纪大了，腿脚不方便，却一样要和自己一起去化缘。

门庭若市，也终是散了，散了。

然而小和尚却一直记得那天撞到树上的女子。甚至有些刻意地去了解她的过往事情，李王爷的女儿，额角有红色的梨花状胎记，同陈府定了亲——他能够知道的，也就这么多了。

于是在那次过后的第十月，清冷的庙前居然又停了一顶软轿。

若是在四年前，有十顶也不奇怪。

只是今非昔比，何况一看便知道是大户人家的轿子。

小和尚只是开门扫地，刚巧见到一怀抱婴儿的妇人从那轿子上下来。

婴儿可能刚足月，躺在母亲的怀里睡得香，然而妇人却皱了眉头，衬得额角上的红梨花失去了颜色。

"李玉梨小姐！"小和尚惊得差点儿丢了扫把。

"是你……"她居然还记得这个偶然路过的人，"可曾有位叫无娘的女子来过？"她急切地问，"她看起来同我一般大，穿得有些奇怪。"

这么荒凉的寺庙，哪会有什么女子来啊。

见到对方摇头，她满脸皆是失望。

"无娘她、她是我的朋友，我相信她一定会帮我的。"

除去怀中的小孩子，她还像个宝似的捏着手中一块小小的桦木牌。

小和尚记得，离陈、李两家公布的婚期只剩下三天而已，然而准新娘却抱着婴儿站在荒凉的白狐寺门口，他略微觉得有些不妥。

◈禅房◈

"让这位施主进来吧！"一个苍老的声音，从院子中传来。

小和尚回头一看，老住持不知什么时候站在了门口，双手合十地望着这里。

玉梨随着主持进了禅房，她的几个家丁与轿夫坐在门口休息闲聊。小和尚好奇，便趁着送茶水的时机，想加入到家丁们的攀谈中。

"那婴儿是谁？怎么是小姐抱着？"他问。

一个轿夫白了他一眼，眼中全是不屑。

"怎么一个出家人也好这口闲语？"

一语既出，一大群人都笑了。

小和尚羞红了脸，急忙跑开了。

难怪师父常说自己六根不净，连一个俗家人也能这么挖苦自己，但他又克制不住自己的好奇心，路过禅房的时候，有意无意地竖了竖耳朵。

"可这孩子怎么办，母亲要我送走，不然父亲会杀了他的。"

这是李玉梨细细的声音。

"那么——"主持的声音低沉而且模湖不清，让人听不真切，"……了空！"后面一句却异常清晰，将小和尚吓了一跳。

大概是被师父发现了吧，他的脸立刻像个红透了的柿子，慢吞吞地推开了门。

"了空在。"他低着头，小声回答。

然而半晌没有听到责备的声音，他很疑惑地抬起头，却看到老住持摇了摇手："送这位施主出去吧。"

女子顿时慌了神，低声哀求，请住持让她在此等候。

然而住持就像泥塑的人儿般，再也不开口了。

禅房陷入了忽然的沉寂中。

"请随小僧离开吧。"小和尚了空轻轻上前，提醒女子。

虽说无奈，但她亦随小和尚离开，并在院子中围着那棵桃树转了一圈儿。

树已有多年没有长新叶，仿佛已枯死了。

玉梨却对着那根突出的大树杈发了半天的呆，直到听到门口的轿夫的吆喝声。

❖弃婴❖

软轿抬起李玉梨后，白狐寺中又陷入了寂静。

隔天老住持身体不适留在寺中，让了空去市集买些盐米回来，却不料了空刚进入市场不久，便听到人们在大声谈论着东大街上被人丢了一个婴孩儿，不过刚足月的样子。

等了空匆忙赶到的时候，却看到一辆奇异的马车，以及穿着道童样式服装的女子将孩子抱起。

那包裹孩子的花布，看起来那么熟悉，了空还看到那块小小的木牌。

"这孩子……"了空忽然听到这么个声音从女子嘴角中滑出，女子只露出一双丹凤眼同有些翘的嘴巴，像极了狐狸的眼神瞥了他一眼，接着马车从他视线中消失。

或许这和尚是唯一一个见证了整个事件的人，但或许他什么都不清楚。

白狐寺的老住持三天后在寺中坐化，白狐寺便整个瓦解了，原来那么繁华的景象在一个雷雨后彻底成了废墟。

因为李家姑娘在新婚的前天晚上直接用一根白绫上吊在那枯死的桃树上了，一双绣花鞋就跌落在树下，所以流言也逐渐被人们所淡忘，白狐寺和李家姑娘的死慢慢都被淡忘了。

只有了空和尚偶尔化缘路过那废墟，却发现那曾经该被人淡忘的大桃树又重新开满了桃花。

人们讨论着那重新显灵的狐仙娘娘的额角居然有着梨花的痕迹，而且若是为自家孩子求愿望的几乎是百试百灵。

了空和尚还在那棵大桃树下站了一站，看到那块褐色的血迹依然还在原处，却不曾随着岁月淡化，刺眼地，提醒着往事。

◦狐◦

狐，欲成仙，偶上树。

拾其鞋，则其不能下，以树为家。

若有能给予鞋者，狐下树，必报之。

然，予鞋者必上树。

恋之殊途篇

LIAN
ZHI
SHU
TU
PIAN

如意珠花，生于蓬瀛岛，需真情灌溉方能开花，

花谢后成玉石状态，情不尽，花不落。

本不老不死，但若真心被背叛，凋于朝夕之间。

作者絮语

　　我发现自己的故事多数不是来源游戏，就是家里某个小物件。

　　毕竟我妈常说，扫帚在门后靠得久了也会成精……

　　如果能驯服，可以当坐骑。

　　如果能修成人形，应该是一个调皮的小男孩儿。

　　如果成了精……那半夜你还是悄悄地把屋里的地板都扫干净好了。

　　毕竟我还是没有本事给扫帚编个故事（没有美女帅哥你们也不会喜欢），但是簪子的、花草的、游戏里的小怪的，还有我家狗的，只要你们愿意，我倒是都愿意去写。

　　这个可恶的看脸的世界……就算编故事也要拉扯好看的物件。

　　有没有人愿意帮我画一张百鬼图啊？

一梦如魇

这梦魇能化作人心中最脆弱最思念的东西，
若不是你的妻子不离不弃，
这次你定难逃一劫。

◈叶长生◈

"十年生死两茫茫，不思量，自难忘。"

金秋进来的时候，屋里并没有人，上好的生宣上墨迹未干，唯有这苏轼的《江城子》跃然纸上。

她一皱眉头，叶长生定是又想起她了。

想来定是不会错的，今年中秋，就正好十年了。

这简直是金秋心里一根永远过不去的梗，即使是她已经远嫁十年，即使是自己和丈夫已经成亲十年。

她叫尔雅，跟词里一样，是叶长生的表妹。

金秋深吸一口气，她不想坏了心情，更不想和叶长生吵。

只不过屋里屋外，都找不到叶长生的影子。

◈十年生死两茫茫◈

为了再次相见，为了等这一天，像是过了几辈子那么久。

叶长生此时正站在一座废弃的宅子外面。

宅子很大很宽，一看便是住着有钱人家，可是却不知为何，破旧得很，仿佛很久没有人居住和打扫了。

大门上镶着铜环和金兽，长生轻轻一推，门就开了。里面一个四四方方宽大的庭院，落满了枯枝败叶。

"有人吗？"他疑惑地喊了几声，并无人应答。

此时正是午时，夏日的太阳晒得正厉害，长生汗流浃背地在屋子里转了一圈儿，一个人也没看见，屋里值钱的东西都被搬得差不多了，唯有西厢一间小屋子，整整齐齐干干净净的。

屋子里一张软榻铺着浅粉色的褥子，一只小巧精致的玉枕，床头的小几上还有一壶茶水、一面铜镜，床头挂着一张女子的小相，正是少女时代的尔雅。

那只小玉枕，真的是晶莹剔透、小巧玲珑，雕刻着不知道什么动物的花纹，必然价值不菲。

他端起桌上的茶水一饮而尽，走了那么长的路疲惫急了，如今松弛下来，浑身都酸软了，看见枕头自然也就困了。屋子虽不大，却凉爽得很，小玉枕头夏天睡着正当舒服，叶长生这一躺下，迷迷糊糊地就昏睡过去。

"知了……知了……"蝉鸣阵阵，声声入耳。

"长生，长生！"似乎是有人在喊自己。

叶长生觉得有一双柔软的手在抚摸着自己的脸，他拼命地想要醒来，却怎么也动不了。

"表哥，你快醒来陪我玩啊！"听起来像是尔雅的声音。

"长生表哥，你快醒醒啊！"

长生一个激灵，这就醒了过来。床边正跪着一个粉裙的姑娘，刘海儿上别着一朵金缕花，发髻上插着一支大大的金步摇。

那是长生十五岁那年，送给尔雅的。

"尔雅！"他有些意外，"你怎么这个样子？"

"我为什么不是这样子？"姑娘小嘴一噘，满脸的不乐意，"那么久不见，你就跟我说这些个？"

长生揉了揉眼睛，坐起来："我定是在做梦吧，不然你为什么还是十几岁的样子，算起来你也快三十了，女儿都七岁了。"

"胡说！"姑娘看起来生气极了，她拉着裙摆狠狠地往地上跺脚，一双绣着小兔子的厚底绣花鞋蹬在脚下，细小的银铃就跟着发出清脆的声音。

"阿娘光说你是中暑了，可没说你是脑子坏掉了！"尔雅拉过他的手放在自己的脸颊上，"你摸摸，你摸摸，梦里可是摸得到温度的？"

尔雅的脸光滑得紧，温温柔柔的一小团，捏在手里像糯米团，长生一没忍住，就多捏了两下。

"呀，疼！"姑娘跳了起来，一掌招呼在他肩上，捂着自己的小脸紧张得不得了。

他便哈哈大笑起来，尔雅就是这个样子的，一点儿也没错，这是尔雅，十五岁的尔雅。

"今早马管家送你到爹爹的别院来，半路太热你便中暑了，一直睡到现在，阿娘说你得多喝水，可不能大意了。"说罢那姑娘便从床头的小几上倒了杯水递给他，还小心翼翼地吹了吹。

长生有些疑惑，却又说不出来。尔雅十年前便嫁了人，自己也娶了妻子。这次他是特地来周家庄找她，怎的变成这个样子了。

他掀开窗帷往外看了看，确实是姨夫在京里的别院，一棵大榕树种在院子中，几个丫头正在树下躲凉洗衣服，旁边种的茉莉，那可开得正好。

姨母素日里最爱的就是茉莉了，可惜她去得太早了。

可是自己不是来尔雅的夫家吗？怎么就忽然到了姨父在京中的别院？

"你定是病得糊涂了！"小姑娘伸手在他眼前晃了晃，"看你这傻傻呆呆的样子，要是真的傻了，别想我以后会嫁给你！"

"金秋呢？"长生有些分不清楚，想了半天，问出这么一句。

"金秋在你家伺候姨母，并无同行！"

"那，我爹可好？"

"就是姨夫差人送你来这里见我的，你说你爹可好？"

长生只觉得恍然一梦，发生的每件事仿佛都不真切似的，明明过了那么久，却偏偏仿佛什么都没发生。

他仿佛是想起来，姨母还在世的时候，每年夏天爹爹都会送自己到京里来小住，一是陪陪尔雅，二则是要他跟着姨父学学礼仪和规矩。后来姨母去了，尔雅才被接到自家常住的。

小几上有面铜镜，他拿起来看了看，自己下巴的胡子楂儿刚长出来，还很浅很淡，确实还是十五岁的样子。

尔雅十五岁那年，姨母可已经走了三年了啊。

"那，姨母可好？"

"你的姨母倒是尚好，昨个生气还骂了你表妹一顿。"姑娘歪着脑袋朗声答道，"就不知我的姨母可是还好？"

长生忽然就笑出声来了，尔雅就是这个性子，像个男孩子一般调皮。

"走吧，我带你去见母亲。"尔雅笑得像一只欢快的小鸟，叽叽喳喳便跑出去了。

真好……原来只是做了那么长的一个梦啊。尔雅没有嫁人，自己也不曾娶亲，甚至姨母，都还好好地活着。

◈不思量，自难忘◈

金秋摸了摸自己的腹部，有些担心。

长生这一失踪，已经快一个多月了，算起来也该到京里了。

不用说也知道，他定是去找秦尔雅了。

叶家曾经是这秦淮河边的大户人家，叶父做的是丝绸生意，温文尔雅，倒是一点儿都没有那些商人的俗气。而尔雅是长生的表妹，也是跟长生从小指腹为婚的。

长生的母亲素来最心疼这个侄女，加之尔雅的母亲去得早，父亲又娶得多，她总担心那些姨娘待尔雅不好，于是便将之接到了自家照顾。

可金秋，只不过是叶母房中的小丫头罢了。

叶母喜欢尔雅，长生也是很喜欢她的，有什么好吃好玩的，总是第一个想到尔雅，偶尔有尔雅不想要也吃不下了的，他也是会给同龄的金秋一些。

就是这样，金秋也满足得不得了，在她眼中少爷总是高高在上，能想着她，已经是很好的了。

可是到了两小无猜该成亲的前一年，叶父忽然病逝了，叶家的生意忽然就垮了下来，尔雅的爹就那么悔了婚，硬是将女儿接走，嫁给了京中官员之子。

叶母一夜之间白了头，遣了奴仆，卖了宅子还债，唯有金秋不肯走，定要留下来伺候老夫人，也就是这样，才嫁给了长生做妻子。

幸好家中还有几亩肥田收租，金秋又会打理，日子这才不紧不慢地过了下来，不过跟昔日，是无法再比的了。

这离尔雅出嫁的那个中秋，已经十年了。

开始还断断续续收到尔雅送来的信，说生了个女儿，说婆婆脾气太大不好伺候，可是三年前，忽然便断了一切的音讯。

听说她嫁的夫家，因为得罪了权贵，也算是败了。

原本金秋的性子，也是不会争些什么，这几年长生对她总是心不在焉，她也清楚得很，自己不过是个丫头，哪里比得上金枝玉叶的表小姐。

只不过金秋恰好怀孕罢了。

本想中秋节的时候再说出来双喜临门，大家开心一些，或许有了孩子两人的关系也能缓和很多，没想到长生甚至等不到中秋，就去寻他的表妹了。

❀千里孤坟，无处话凄凉❀

"叶夫人，叶夫人。"门外有个男人站在窗下，"你让我打听的事儿有消息了。"

金秋将窗棂推开一半，递出去一枚银叶子。

男人对着阳光照了照，小心地将银子收在怀中，这才又开了口："我妻家有人在京里做杂役，恰好在你说的周家做过事，早些年他们家男人被罢官流放了，是有个带着个小女儿的夫人，可是还没到流放之地，就感染瘟疫死在路上了。现在的周家成了废墟，根本没人住着。"

原来那个娇滴滴的表小姐，已经香消玉殒了。

金秋心中有一种说不清道不明的情绪，这么多年总盼着没有她就好了，也许长生就能多看自己一眼，可是真等着这个消息，却总也开心不起来。

"秋儿。"老太太在屋里拉长了声音喊道，"快下雨了你去把外面晾晒的衣服收了吧。"

叶家如今住的，也就是一屋一院罢了，就是这样也特地空出一间给长生念书，只求他能考出个功名，让老母妻子有些好日子过罢了。

只不过这十年，叶长生总是恍恍惚惚不知所谓。

"老夫人。"金秋咬了咬嘴唇，"我打算出门一趟，打发些银钱请个丫头先照顾你一段时间可好？"

"去吧。"老太太长叹了一口气，"我知道你还是放心不下那个不孝子。"

幸得老太太不知道自己已怀有身孕了。

成亲十年，盼了这个孩子不知道多久，却在这个时候来了。

有些人就是喜欢沉湎在过去中，不肯忘记，也不肯面对现在。

❀小轩窗，正梳妆❀

长生算着日子，这住在别院，也有些日子了。

姨夫每日都会早起上朝，午后总有小厨房做的精致小糕点，后院则有姨母种的茉莉花，夜晚总是幽香，渲染得梦都甜了。

当然最美妙的还是每天都能看见那戴着金步摇跑来跑去的尔雅。

他总觉得有些恍惚，尤其是这样一个有着月光的晚上，就跟做梦似的不真实，可是就算是梦，他也不想醒来。

"吱呀！"

对面的窗户被推开来，尔雅小巧的身影刚好端坐在那团朦胧的月光中，她刚沐浴过，穿着一袭月白的纱衣，端着铜镜，正要梳妆。

长生觉得一颗心扑通扑通地跳，他急忙躲到窗户后，从缝隙中偷偷地看出去。尔雅并不知道有人在对面，坦坦然然地坐下，将一头长发放到身前打理了起来。

她虽不是国色天香，可是也端庄秀丽，平日里总是太淘气了，如今安静下来，月光笼着薄纱，茉莉花的香味萦绕着少女的身影，简直美得不像话。

如果这是梦，那就算死在梦中也值了。长生巴不得时间静止在这一刻，永远永远。

❀夜来幽梦忽还乡❀

"相公，相公。"

似乎有人在喊自己。

长生吓了一跳，四周看了看，安静的院子中除了月光和茉莉花，就只有叽叽喳喳的蛐蛐了。

"相公，你醒醒啊。"

这次声音更清晰了，是个女人在说话，仿佛就在耳畔，更是熟悉得很，却怎么都想不起来。

长生很是心烦，他想要摆脱这个女人的声音，可声音就是跟着他不离不弃，他把自己的双耳捂起来，可是声音却在心里深深地扎根了。

"你不能再睡了！"声音更大了，仿佛还有一双巨大的手，狠狠地抓在他身上，将他从院子里抓起来，那一瞬间花香啊，月光啊，甚至那如画的美人儿尔雅都从眼前消失了，取而代之的是一个肚子微微隆起的妇人。

他愣了一愣，这才想起这是家中母亲的婢女金秋。

"你可是醒了，怎么在这里睡着了？可担心死我了。"金秋从怀中掏出一张很旧的汗巾，在他脸上轻轻地擦拭，动作亲昵得很。

长生有些反感，一下子便推开了她："你不在家里伺候母亲，到这里来做什么？"

金秋跟自己一般大小，应该也就是十五六岁的光景，怎么老成这样。

"老夫人……母亲他担心你，我便来寻你了，你怎么在这荒院子里睡着了啊？"

听她的语气，颇有几分焦急。

"你怎么老了许多？肚子也大了？"

"我……是你妻子啊……"金秋有些语塞，"这是你的孩子啊，已经三个月了……"

"胡说！"长生打断她的话，"我今年不过十五，而且跟尔雅是定了亲的，你这话若是让外人听了又要嚼舌根了。"

"十五……"妇人有些啼笑皆非，她抓过桌边的铜镜放在他面前，"你自己看看吧，你这是十五岁？"

镜子中的男人骨瘦如柴，两眼无神，下巴和嘴唇上的胡子楂儿像杂草一样。

长生刚要发火，忽然又忍住了，这肯定是个梦，肯定是个无聊的梦罢了，自己正是唇红齿白的年纪，金秋也只不过是个伺候母亲的小丫头。

想到这里也就坦然了，长生不再理睬妇人唠唠叨叨啼啼哭哭的，自顾自闭上眼睛又躺下了。

好生无趣的一个梦。甚至是有些……可怕的梦。

女人的话语声渐渐地低了下去，慢慢地归于听不见，烦躁气息慢慢褪掉，蛐蛐开始小声地叫，茉莉花也慢慢地传来了香味。

"长生表哥，你怎么又在这里睡着了？"耳畔是娇嫩的絮语，带着微微温热的气息。

叶长生使劲儿睁开眼睛，尔雅披了一件粉色的长纱，一头黑发已经绾起，正蹲在自己的面前。

刚才的，果然是梦。

长生忽然松了口气，最近老是梦到乱七八糟的东西……可怕的东西。

"我做了个梦……"

"什么？"尔雅忽然有些紧张的样子，脸上有一掠而过的狰狞。

长生揉了揉眼睛，应该是自己看错了吧，尔雅还是那么温柔可爱。

"我梦见……金秋成了我的妻子，大着肚子，而我已经有些老了……"

"胡说胡说！"不等长生说完，尔雅便跺着脚跳起来，"那个坏女人！坏女人，你不许再梦见她，下次再梦见，定不能相信她说的话！不，你不许跟她说话，也不许听她说的话！"

傻姑娘……长生在心里暗笑，可嘴上还是得唯唯诺诺地答应着，生怕惹火了这个娇小姐。

❀纵使相逢应不识❀

金秋雇了辆马车，千里迢迢地往京里赶。

周家的大宅子早就没人住了，荒废极了，落叶和蛛网布满了院子的每一个角落，听附近的人说，最近院子里老传出阴森森的女子笑声，还有一个男人说话的声音。

莫不是尔雅并没有死，如今长生来了，两人便又在一起了？

她在门廊迟疑了好久，才鼓起勇气走了进去。

如今已由不得自己不是？

肚子里的孩子总是他叶家的，总需要一个父亲不是？

"长生……尔雅！"她在院子里轻轻地喊，一间屋子一间屋子地找。

院子荒废得并不像有人在居住的样子，偏偏只有西厢的角落，干净整齐。

金秋忐忑不安地推开门，小榻上正睡着叶长生，他面容憔悴了许多，收拾得整整齐齐的包裹还放在旁边，蛛网连着靴子和床脚，看起来好久没动过的样子了。

她吓了一跳，幸好长生的鼻翼还在微微动着，脸上还带着诡异的微笑。

这就怪了，算脚程，长生应该早到大半个月了，为什么仿佛一直没动过似的？

"相公，相公，你醒醒啊。"

她轻轻晃了晃床上的人，长生醒倒是醒了，却偏偏仿佛不认得她似的。

就像是……被梦魇困住了。

"听夫人这么说，就不会错了。"白云观的老道掐着指头算了算，"梦魇此物食梦而生，往往会制造一个令人向往的梦境，让做梦的人深陷其中不愿醒来。"

"那可怎么办？"妇人摸着微微隆起的肚子，"我相公已经睡了半个月了。"

"急不得急不得。"那道人捋着一撇小胡子，"你相公若不能明白哪里是梦境，即使醒来了，也如同在梦中啊。"

金秋本是一个没有主意的小妇人，没读几本书也不识几个字，平日里就是伺候丈夫和婆婆罢了，听得道人这么说就更是没了主意，不过有一点她倒是明确得很，那就是怎么都不会丢下长生不管的。

于是金秋就在那个偏僻的西厢又收拾了间房间住下，她怀着孩子也做不了什么，只能缝缝补补，裁衣绣花，勉强维持生计。

可就是这样，每日里她还是会买上一点鱼肉或是鸡蛋，熬成稀粥喂给熟睡中的长生，再忙也要抽出时间用温水替他擦身，针线不离手的时候，就坐在小榻旁边絮絮叨叨地跟长生说话。

算起来这日子，不知不觉，半年就过去了，最难熬的冬天已经去得差不多了。

金秋的肚子日渐大了，弯不下腰，活计也做得少了，只能将随身的一些首饰都当了。

一个孕妇，一个睡着不醒，谁也不能少吃一口，尽管她已经尽量买好些的东西熬粥，可是长生还是一天一天瘦下去，憔悴得越来越严重了。

"相公……你醒醒啊。"她有些委屈地看着在梦中笑得那么开心的长生，眼看自己就要生了，她会听到长生在梦里笑出声来，偶尔也会喊着尔雅的名字。

她不到三十岁，却像个五十岁的老母亲，她不漂亮，不聪明，不活泼可爱，甚至也不太会笑，只会沉闷地做自己的事。

但是不管发生了什么，她从不会抛弃长生，总是默默地守在他身边。

或许这才是真正的爱情，没有那么多惊喜，却能不离不弃。

"咕噜噜！"

线轴子滚到地上去了，金秋有些弯不下腰，费劲地去捡，一不小心脚下一滑，就跌下去了。

肚子就那么忽如其来地疼了起来，小孩子的小手小脚仿佛在肚子里搅成了一团，算起来也有七个月了，难道孩子要提前出来了不成？

❀相顾无言，唯有泪千行❀

长生觉得日子没有刚来的时候那么快乐了。

夏天好像被无限延长了，院子里茉莉花总也开不败，甚至姨母每天送来的糕点都是同一个味道，偶尔有点不一样，就是每天都会出现在耳畔的絮语。

也不知道为什么每天都会梦到金秋，听到她的声音，唠唠叨叨地讲着她和她肚里的孩子。

"表哥，你又在发呆！"小姑娘的声音传到耳边，不用回头也知道，她定是想跑过来拍自己的左肩。

这样事，仿佛每天都会发生一次。

"尔雅……你有没有觉得……"他回过头，小表妹正歪着头看着他，那支大大的金步摇挂在发髻上，眼看就要滑下来了。

"什么？"小姑娘看着他，使劲儿地眨着眼睛。

"你有没有觉得……这个夏天好长好长……每天都好像差不多似的……"

"哦，你觉得待在这里烦，觉得我烦咯？"

"我不是这个意思……"

"可是你答应我今年夏天会好好陪我的。"小姑娘有点儿生气，开始跺脚和撒娇。

叶长生看了看天空，太阳还是火辣辣地挂在天上，他忽然有点儿想念秋天，想回家早日见到母亲……和母亲身边那个木讷的丫头。

奇怪得很，怎么会老想起她？最近的梦里，也老是听到她的声音，唠唠叨叨地说着一些琐事。

"也不知道，母亲和金秋怎么样了。"他喃喃的，似乎是自言自语。

"都说了不许你提起她！你下次再提起她，我就吃掉你。"尔雅忽然生起气来，她的嘴角撕裂得很大，看起来有些可怕，可是随即又换回撒娇的面孔，"人家要你的心里只有我嘛。"

长生只觉得毛骨悚然。

那一瞬间的表情，根本不像尔雅。

"相公……相公。"耳畔忽然传来那个声音，带着痛苦的呻吟。

"你怎么了？"他小声地、小心翼翼地问，这是他第一次响应这个常常出现在耳畔的声音。

或许是听到长生第一次回应自己，金秋的声音愣了一下，半晌又是带着痛苦的呻吟声："相公……我可能要生了……"

"你在跟谁说话？是不是那个贱人？"尔雅警觉地四处看了看，然后盯着长生。

"你……快去找大夫啊，跟我说有什么用？"长生莫名地着急起来，可是又一点儿办法都没有。

"不许理她，不许跟她说话！"尔雅吼了起来，一点儿都不斯文。

"我摔倒了！"金秋的声音开始断断续续听不清楚，"这里……没有人，除了你……"

"我我我……我看不到你啊！"

"你看得到，我就在旁边，你努力睁开眼睛醒来！"

"可是你不是在我梦中的吗，我应该闭眼睡着才是啊……"

尔雅的面目越来越狰狞，几乎就像是一个张牙舞爪的夜叉，她冲上来抱着长生，一张嘴咧得老大，还冒出阵阵腥臭。

长生吓了一跳，可是他却仿佛不怎么意外，也没什么心思搭理她，这个院子里奇奇怪怪的，反而梦里那个老态的金秋让人揪心，他使劲儿推开尔雅，想要重新找到那个声音。

可是长生再也没听到金秋的声音，断断续续传来的只有痛苦的呻吟声，他有些着急，拼命想要找到金秋，明明就是醒着……还要如何睁开眼睛？

他拼命地努力地"睁开眼睛"，拼命地"醒过来"，就像初次那样，仿佛一只大手一把将自己从别院的小走廊抓了出去。

"哇！"忽如其来的婴孩儿的哭声响起，一股腥味迎面扑来，脸上不知道有什么温热的东西，黏糊糊的。

屋子还是那个小巧的破屋子，小几上摆放着铜镜和各种针线布头，一个女人缩在屋角已经晕过去了，地上满是鲜血，连着脐带的小婴儿趴在地上使劲儿地挥舞着四肢哭泣。

这是个孩子，活生生的孩子。

长生觉得没有哪一刻像现在那么清醒，清醒得仿佛刀刻一般，铜镜里的自己满脸胡楂，灰白枯瘦，几滴胎血粘在自己的额头，可笑极了。

"秋儿，秋儿！"他急忙冲过去抱起孩子，随手抓过床单裹起孩子，然后将昏迷中的金秋抱到床上。

做完这一切他觉得脚有些软，金秋已经有了意识，微微半睁眼看着手足无措的他。

"秋儿……"

"你醒了啊……相公。"金秋的眼角含着泪水，"还不赶紧剪断脐带，再烧点儿热水来。"

"我……"他想说什么，却最终没开口，泪水顺着脸颊滑下来，落在手背上。

剪刀是冰冷的，在火上烧过后有些微微的铁锈味，孩子的手脚都是温热的，一刀下去的时候，刀口软绵绵的。

这些感觉，好像好久不曾拥有，新鲜得仿佛初次摸到。

他有些恍惚，却又无比清醒，外面雪堆得好高，几瓣梅花落在地上，唯独自己还穿着夏衣。

◈尾声◈

一对夫妇抱着刚满月的孩子站在纯阳殿的门口。

孩子是个男孩儿，戴着母亲亲手缝制的虎头帽，夫妻俩的岁数看起来都不年轻了，恩爱极了，紧紧地搂着这个宝贝孩子。

雪正在化开，融水沿着阶梯流下，男人小心翼翼地扶着妻子，生怕她滑倒。

"我想拜见清风道长。"妇人跟门口的道童说。

"师父正在等你们呢。"小童笑着，"快进去。"

男人将手中那只小包裹打开，里面是那只小巧的、晶莹剔透的玉枕，上面刻的不知道什么动物的样子，暗暗透着血色，看起来仿佛随时都会扑出来似的。

"这便是那只梦魇了。"老道捋了捋胡子，"若是再喂养几天，定获得实体从枕中出来了，到时候你们就都逃不掉了。"说罢他随手抓起，将之丢入焚烧的香炉中去了。

"嗷嗷啊……呜呜……"

香炉中传来一阵呜咽，听起来居然有几分像尔雅。

"这梦魇能化作人心中最脆弱最思念的东西，若不是你的妻子不离不弃，这次你定难逃一劫。"道人笑了笑，"这个孩子来得可真是时候呢。"

"是我不好。"长生笑了笑，"十年了，我居然都执着于过去，从来没有好好地看过陪在我身边的金秋。"

"别说了。"妇人很欣慰地看着他，"无论发生什么，我都会陪着你。"

冬日的纯阳殿，本就特别安静。

小道童嗅着香炉中的味道，不小心打了个盹，醒来时那对夫妻已经走远了，雪地上唯留下两行整齐的脚印，依偎着，缠绵着延伸向远方。

应小苔笔记

夏天午睡，偶尔睡得久了，就会迷糊，一边听着屋里屋外喳喳哇哇的声音，一边就是醒不来，逼着自己起来，还会在梦里延续起床洗脸喝水的动作……但是其实还在床上，反复几次，就会分不清楚自己在梦里还是现实。

所以有话说得好，梦里走了千万里，醒来还在枕头上，说的就是这个道理，也是这个故事的由来。

女萝崖

他听说过女萝崖的传说。
他知道那些为情而跳崖的女子会在这里变作妖孽，
等待那个人的到来。

上章：丝萝

◆等待◆

丝萝觉得自己做了一个很长的梦，她醒来的时候，刚好是夜晚，透过斑驳的叶片，看到一轮弯弯尖尖的月亮。

她觉得似乎有什么重要的事情忘记了。

到底是什么，被忘记了。

丝萝只记得自己是丝萝。丝萝在等什么人，或是什么事情的发生。

是什么，忘记了。

她找到山崖边的一块凸起的岩石，刮风下雨的时候就躲到岩石的后面去，风和日丽或是有星星月亮的晚上，便坐到岩石上面，向远方眺望。

这里有很多和她一样等待着的女子，但她们之间互相并不对话，做着自己该做的事情，等着自己该等的什么。

丝萝和她们都一样，在有月亮的晚上唱动听的歌，吸早上凝结的新鲜的露水，因为不能走太远，就在岩石上看月亮落下，太阳升起。

她从来没有觉得这样的生活有什么不妥。

山崖是个偏僻的地方，丝萝待了那么久了，只看到几只被追捕得无路可逃的兔子，甚至连追捕的猎人都没有看到。

丝萝自己也没有想过，这样下去有什么意义或是什么因缘。

似乎是因为丝萝自己也知道，这一生，就是无止境的等待。

为等待而生，为等待而死。

丝萝还知道，这个世界也有另外的一种女子，她们有两条腿，穿着好看的裙子和绣花鞋，她们不需要太多的等待，便能等来该等的人，过一种叫"幸福"的生活。

❖悬崖❖

一队车马在泥泞的路上艰难地前进着。

连绵的雨已经下了好多天了，车上的货物虽用油布遮盖了，却也快发霉了，再不快点儿，东西就赶不上交货了。所以，即使在夜晚，火把被雨浇得忽明忽暗的，也不得不继续赶路。

"怎么样，还是休息下吧。"夜幕中，看不到是谁开了口，只听到这个低沉的声音一响，大家便很整齐地停住了脚步。

"前面似乎有块断崖，我们去那里躲躲雨，说不定还能生一堆火。"

于是一队人马又整齐地开始了艰难移动，借着很微弱的月光，向着那块巨大的断崖走去。

雨依旧是缠绵得腻人，然而月光却似乎亮了一点儿，可以看到那断崖上长着不知道密密麻麻的什么，仿佛还有细微的声响。

"快走，快走！"似乎没有人发现异样，低沉的声音继续命令着人马向前走着。

"哗啦啦……"崖上一阵响动，听起来像是叶片承受不了雨水的重量而淌落的声音。

车队继续向着断崖挪动，几天的小雨似乎将几个大汉的精神全部浇灭了，脚步也因为软绵的稀泥而变得无比缓慢。

"小五，你快走几步，去找个干燥合适停车拴马的地方。"

"是。"一个略微年轻的声音说，并看到一点儿微弱的火光快速地小跑了几步。

车队继续向着断崖挪动。

小五拿着火把仔细地看了看断崖，上面除了藤还是藤，地面倒是有几块比较干的地方，于是他拿火把贴近看了看。

"哗啦啦！"

藤叶忽然拨开了一大片，吓了他一大跳。

并没有这个方向的风，也没有风可以把贴着地面长的藤吹开。

似乎是有大团的雨水淌落下来，或许是火把上的树脂不够了，那本来微弱的火光忽然熄灭了。

他在最后一丝光消失的同时看到一张脸，一张女人的脸。

◈藤条◈

车队已经挪到了断崖的前面，举着火把的人一字排开，断崖上安安静静的，不见了先来的小五。

"小五不是先过来了吗？"一个声音说，接着说话的人看到叶片中有一个衣角，是很熟悉的颜色。

"那是什么？"他伸手拉了拉，拉不动。

藤条似乎是活动了，立刻缠上了他的手。后面是密密麻麻的藤叶，接着，他还来不及开口叫出声来，就感觉到被紧紧地包起来，几丝细小的呻吟声后，脖子上被紧紧地勒住了。

"唰唰！"

周围也飞出很多藤条，在空中张牙舞爪地舞动着，几匹马儿首先被包裹起来，只听到几声嘶叫，便完全没有了动静。

似乎是因为惧怕什么，藤条并没有立刻攻向火光中的人们，而是慢慢地将人群包围起来。

"糟糕，遇到妖孽了，不该来这边的。"男人低沉着嗓子说，并抽出一把光亮的剑狠狠地砍向裹住小五他们的藤条。

藤条一吃痛，居然就松开了，然而先前那两个人被藤条所覆盖的地方皆只剩下白骨，连血都不剩一滴，衣角空落落地飘到地上。

"妖孽啊，这是、这是……女萝崖……"剩下的人骚动了，一个瘦高的男人似乎受不了刺激，大叫着丢了火把就向外冲，立刻被卷入藤叶中。

"别乱动，聚拢到火把下来，它们害怕火光。"那张在火光下看起来最清秀的脸的主人说。他穿着青衣，长剑闪烁着寒光，脸上并没有长途跋涉的疲惫。

他的声音低沉有力，立刻让有些混乱的人们安静下来，并且迅速举高了手中的火把。

剩下的人只不过三个，都是左手举着火把右手拿着长剑的，而那些疯狂的藤条似乎没有要退开的意思，反而越来越多，并且渐渐显现出女人的样子，和藤条融为一体，娇媚的脸，绿色的头发，发出细细甜甜的声音。

"啦啦啦……"甚至，藤条中的女萝们还唱起了歌，歌声确实是美妙动听，然而在这空旷的山崖下，显得那么冰凉且绝望。

"都是……什么……为什么……都是、女……女人的样子，还唱……"一个人害怕得声音都颤抖了，几乎要握不住火把了。

"少爷，怎么办？火把烧不了多久了。"脸上有条刀疤的男人问。

"还剩多少支火把？"青衣男子沉思了一下。

"就我们手中的三支了。"

"我将手中的火把丢出去。"青衣男子果断地指了一个地方，"你和张武立刻趁着空隙冲出去……"

"不可以，少爷！没有火把是出不来的。"刀疤男人打断了他的话。

❖丝萝❖

发生这一切的时候，丝萝一直待在那块巨大岩石的后面偷偷地看着。

周围的女萝们冲上去的时候她也一直躲在岩石的后面，她看到火光下那穿着青衣的男人的脸，那张脸在火光下看起来线条分明、冷静睿智，但眼神中有着一丝绝望。

"是吗？成恒啊，看来你还是信不过我的功夫啊。"青衣男子轻蔑地笑了笑，"就这些妖孽，还挡不住我手中的这把剑。"

说这句的时候，丝萝觉得，他看起来几乎是没有把自己的生命当作一件重要的事，很随意的、轻蔑的，和他的眼神一样。

刀疤男人似乎是相信了青衣男子的话，他点了点头，于是握紧了手中的火把。

虽然都在断崖上，丝萝似乎和其他女萝不一样，她的头脑上似乎还残存着些什么奇怪的东西，例如她会很迷恋野兔温暖的皮毛，例如虽然不得不吸食血液，但她却很厌恶血液的腥臭。

丝萝忽然又有点儿迷恋那青衣男子的眼神。

虽然没有可能，可她总觉得，自己在哪儿看到过那样的眼神，而且不止一次，仿佛是长久陷入过那样绝望的温柔中，因为那绝望看起来是很熟悉很心动的。

丝萝觉得自己的胸腔中有什么跳动了一下，可是女萝并不像野兔那样，拥有一颗跳动的、温暖的红色的心脏。

一支火把很准确地扔到了岩石旁边的女萝身上，藤条便哗啦啦地退开一大片，稍微动作迟缓的，就在一声尖叫后化作灰烬。

刀疤男人拉着另一个吓得浑身发抖的男人迅速冲出去，立刻逃脱了包围圈。

"少爷，快。"刀疤男人一边用长剑砍着挥舞的藤条一边不忘记回头喊道。

"哼哼。"青衣男子冷笑了一声，他失去了火光的保护，女萝们像潮水似的向他包围过来，然而在几道寒光后，竟还真让他杀出一条路来。

看准了那块巨大的岩石，他决定将那里作为着力点跳出去。

"唰唰！"

又有几只女萝在寒光下化为两截跌落在地上，却又迅速融合在一起。

借着这个空当，他用力地跳起，左脚在岩石上轻轻一点，轻巧得像一只燕子。

"啊……"

他呆呆地看着脚下，竟然忘记了跳跃，就站在岩石上，连剑也放下了。

这个时候雨几乎停了，月光亮了许多，一剑开外的地方看得清清楚楚。

他就呆呆地站在岩石上，望着脚下，那双清澈的眼睛。

"青纱……"

❖青纱❖

丝萝一直就在岩石的后面，一直悄悄地看着青衣男子的眼神，她注意到男子手中的长剑，剑柄上被缠了一层细细的绒布，绣着一朵小小的梅花。

那梅花细细小小的，绣得很是认真，因为常年在掌心中摩擦，稍微有点儿褪色，然而看得出剑的主人是多么爱惜，连个小小的线头都没有翘起。

"噗……"他居然将手中的火把丢到了岩石的旁边，火星差点儿就溅到她身上。

"唰唰！"

三把剑甩开来，另外的两个人居然趁着混乱就逃了出去，而他，也稳稳当当地跳上了她栖身的岩石。

这个时候雨几乎停了，月光也亮了许多，丝萝看到他的剑在月光下闪烁着寒光，眼睛中那种绝望变成冷酷的杀戮。

"啊……"丝萝忍不住发出了一个单调的音节，她伸出绿色的左手，似乎是想要挽留——他的左脚在岩石上轻轻地点了点，马上就要离去了。

这次离去，就绝对没有再见的机会了。丝萝是这样觉得的，而这种绝望的离别，竟然让她浑身都颤抖起来。

似乎是经历过这样绝望的离别，她知道痛楚，所以不想要再失去。

听到她的声音，青衣男子低下头来看了看，刚好对上她那双清澈的眼睛，脚步居然没有再向前跳跃，竟然就呆立在那里了。

"青纱……"他的眼神忽然温柔了下来，并喊出了一个名字，手中的长剑也放下了。

"唰唰！"身后的女萝得到了喘息的机会，立刻围了上来。

"少爷！"一支火把直接跌落在了他的身后，将张牙舞爪的女萝烧开了一个缺口。刀疤男人将那个男人丢下，握着长剑又折了回来，"少爷，快出来呀！"失去了火把的保护，他的长剑只能勉强砍断一些枝叶，竟不能再前进一步了。

"少爷！"

似乎被这个声音唤醒了，青衣男子忽然反手切断几只女萝，从岩石上跃起，稳稳当当地跳离开了丝萝的视线。

丝萝只觉得身体的某个部分剧烈地疼痛着，仿佛是有什么东西被从胸腔中挖了出来。

当然女萝，是没有心脏的。

疯狂的女萝们当然不愿意放过这好不容易到手的猎物，更何况，三个人，只剩下了一支火把。一支火光微弱，随时可能熄灭的火把。

青衣男子想迅速斩断那些乱麻似的女萝，然而手却有些颤抖，连挥了几剑，才勉强砍开包围的女萝，落地的脚和握剑的右手，也被藤叶缠得血肉淋漓，有些地方甚至看到了白骨。

虽然只看了一眼，可是绝对没有错，那双那样透彻的眼睛，在月光下散发着绿色的光芒的眼神，和这三年来，每天夜里梦见的一样。

他立刻就想起了那个温润似水的女子，手竟然就有些握不住剑了。

"快走。"他和刀疤男人拉起地上的人，足尖一点，就立刻逃离开来。

女萝们疯狂延伸枝条，却只抓到一片衣角。

"呜呜呜……"女萝们美妙的声音完全变成怪叫，疯狂地舞动着枝条。

然而三人很快不见了身影，月光下，只剩一群悲鸣的女萝，她们互相纠结着，绿色的头发，绿色的眼睛，绿色的手臂，纤细的腰身，没有腿，身后是长长的，纠缠的巨藤。

雨已经完全停了，月亮又大又圆地挂在天空，女萝们又渐渐安静下来，开始唱起那亘古不变的歌谣。丝萝慢慢地坐到岩石上青衣男子站立过的地方，用绿色的手臂从地上捡起一块青色的碎布。

是他的衣角。

丝萝觉得自己的身体被撕裂了般疼痛，她想起这种疼痛是多么熟悉，就像是从高处狠狠地摔下，伴随着狠狠的绝望。

"青纱……"她重复模仿着那个口型，发出那个声音，想起那个时候男子的眼神，浓烈的、不可化开的温柔，便将破碎的衣角放在胸前最疼痛的位置。

❖重逢❖

"唰唰！"远处传来了脚步声，崖上的女萝们又开始骚动起来，似乎是刚才的厮杀没有足够尽兴，她们都欢喜地发出了低低的笑声。

听起来就像是风吹过树叶的声音。

"唰唰，唰唰……"

脚步声近了，似乎就停留在岩石的下面。

丝萝听到女萝们疯狂欢笑的声音，哗啦啦地从她面前越过。

"噗——噗——"两个干脆的声音过后，地上又堆积起了女萝的残肢。

似乎是因为长剑的威力丝毫不比火把差，女萝们又围成了一团，不再进攻了。

"青纱……"

丝萝又听到那个熟悉的声音，却不是从自己的口中发出的。

月光下，青衣男子用左手拿着长剑，剑光带着冰冷的杀戮，月光让他的面容看起来很模糊，也很清晰。

"啊……"丝萝发出一个欢快的音节，她不明白为什么自己会忽然高兴起来。

"青纱……是你吗……终于让我，找到你了。"他说着，眼神是一眼望不到头的温柔，连脸上的线条也变得柔和起来。

"不会让你再离开了。"他的语气很是霸道，并且走近了一些，伸出伤痕累累的右手，一把将丝萝搂入怀中。

"呀……"丝萝不知道自己该做什么或是不该做什么，她只觉得自己陷入了一潭温水中，温柔得想要这样永远地睡去。

"我就知道是你……"男子低低地在她的耳边絮语，"这么多年……还是让我找到你了……我只要一眼，一眼就知道是你……青纱，不要再离开我了好吗……"

"青……青……"丝萝单调地，重复着发出这个音节，并且拼命地点头，似乎是听明白了男子的话。

"对，你叫赵青纱，你离开的那天晚上……那天晚上我疯了般找你……你竟然决定了要离去……不过，还是让我找到你了……对吧，你看……这山崖多高，多冷……以后我都不会离开了……不会离开，就在这儿陪你……"

"唎唎唎唎……"

身后又是脚步声，脸上有着刀疤的男子居然也折了回来，他身后跟着几个拿着巨大的火把的家丁，一脸焦急的样子。

巨大的火光逼得女萝们不得不四处散开。

"少爷，少爷，您怎么又来了这里？"刀疤男子万分焦急地说，"这里都是些妖孽，快和我回去吧。您的手上还有那么重的伤口，不包扎的话——"他看到了青衣男子怀中女萝的脸，"赵、赵小姐，怎么可能，妖孽！赵小姐不是已经、已经……"

"她就是青纱。"青衣男子冷冷地打断他的话，"不许你们再说她的坏话，我好不容易，才找到她的。"

丝萝看到他的眼神在瞬间变得寒冷，然而立刻又转变成一潭温柔的水。

"少爷，少爷你醒醒。"刀疤男人着急了，他拿起长剑，就向丝萝刺来。

"啊——"丝萝来不及躲开，就看到飞向她的长剑被一道寒光拦住。

"少爷！"刀疤男子几乎是带了哭腔的，"成恒知道自己功夫不及少爷的十分之一，可是今天即使拼了老命也要把您带回去！您不能被这妖孽蒙蔽了双眼啊！"

"成恒。"青衣男子冷冷地开口了，"带着人立刻回去，我就不为难你。若是还纠缠于我，即使你跟着我们唐家十多年了，我也不会原谅你的，当年逼走青纱的，也有你一份吧。我已经决定了，这次找到了青纱，就绝对不再离开了。"

丝萝觉得心中也有了丝丝暖意。那只手将她抱得很紧,紧得有点儿难受,似乎是害怕一松手,她就会化掉。

"少爷,赵小姐、赵小姐她三年前,就已经跳崖了,这是很多人亲眼目睹的,少爷……"成恒似乎是还想说什么,却忽然住了口。丝萝看到成恒的脖子上有一丝细细的红线,在不断地冒出红色的血液。

"唰唰!"又是几声响,拿着大火把的几个随从也扑倒在地,火把落入潮湿的地面上,挣扎了几下,便熄灭了。

最后一丝火光消失的时候,几具尸体立刻被疯狂的绿色包围,只听到破碎的声音,撕裂的声音,吮吸的声音,甚至还有一丝极小的呻吟。

而后又只剩下淡淡的月光洒在丝萝和他的身上,剑身散发着一股强烈的寒冷,杀气惊得蠢蠢欲动的女萝们都不敢靠上前来,只敢远远看着。

他将剑牢牢地插在地上,盘腿坐下,背靠着那块丝萝平时栖身的大岩石,丝萝就靠在他的旁边,月光静静地倾在她妩媚的面孔上,绿色瞳孔散发着妖媚的光。

"不杀了他们,他们会回去报信的。这样做就不会有人知道我们俩在这儿了。"他说着,对着身边的丝萝微微一笑。

丝萝也学着他的样子,努力将嘴角向上扬起,开出一朵花一样的微笑。

下章:唐锦

◈火焰◈

唐锦尽量将火堆弄得小一些,尽管丝萝有点儿习惯了火焰的温度,可是他还是害怕不小心溅起的火星灼伤她。

女萝们一直在四周摇晃着,等待着机会攻击他,可他的身边不仅有火堆,还有把戾气很重的剑，让女萝们不敢靠近。当然除了丝萝，她小心翼翼地向火堆靠了靠，看着火堆边神情疲惫的男人，用绿色的手臂碰了碰他的脸。

"我没事。"他说，并强行挤出一个微笑。

丝萝很担心地看着他的右脚，那里的伤口已经有些腐烂了，虽然用布条简单地包扎了，但还是能闻到伤口的恶臭。

"啊……"丝萝叫了一声，男人的脸温度高得有些烫手了，她惊慌失措地看着男人，绿色的头发乱七八糟地舞动着。

"我没有事，真的。"他努力想要站起来，可是失败了。他的左脚已经完全没有力气，于是只好尴尬地笑笑，欠身从火中拖出一只熟的兔子，"给你……不要吃生的了……"

可是丝萝只是用手触了一下又立刻躲开，那只熟了的兔子比男人的脸还要烫上许多。

"咳咳，你可是赵家的小姐……怎么也不能老是吃生的，像个……像个妖孽。"然而他自己又笑了笑，"现在的你，本来就是妖孽吧，青纱……你为什么会变成这个样子？"

唐锦想起那个巧笑倩兮的女子，笑的时候会曲起右手的食指抵住下巴，眼睛就眯成一条细缝，喜欢穿绿色的长裙子，看起来就像是一根春天刚发的娇嫩新芽。

"到底是不是你……青纱？"他看着眼前这个绿眼睛的女子。

"啊……"丝萝歪着脑袋看着他，拼命地点头，似乎是听得懂他说的话。

天空挂着一轮又圆又大的月亮，银白色的光线倾斜在男子的脸上，偏偏又飘起了小雨。

火光不知道什么时候就变得很小了，唐锦靠在那块大岩石上，烧得迷迷糊糊的，浑身一点儿力气都没有，向身边一摸，收集的柴火也没有了。

即使有，也没力气丢到火堆中了。

他不由得苦笑了一下，几乎都听得到身边藤条舞动的声音了。

也许就快死在这里了。

"青纱……"即使在昏迷中，他也不忘叫这个名字，身上的伤口已经不像开始那么痛了，可是左脚和右手也已经完全没有知觉。

他想起刚遇到青纱的时候。赵家是唐家生意上的世交，他自小跟着师父习武，二十岁的那年回家替父亲祝寿，看到跟在赵老爹身后那一身绿长裙的女子，像一根春天刚发的娇嫩新芽，从此她的每一个细小动作他都牢牢地记着，她说的每一句话，他都会重复上很多遍。

"青纱，我……不会再离开你了……"

然而他没有想到，赵家会败得那么快，而且是被自己最亲爱的父亲挤垮的。

当时他正和青纱爱得死去活来，根本不知道发生了什么。

"绝对不准许赵青纱嫁到唐家！"唐老爹背着手站在书房，几乎把这句话说得咬牙切齿。

只是当年太年轻,不知道父亲老谋深算,他派了人追捕无家可归的青纱,想要将她送到很远的地方。

可是唐家的家丁回来说,他们追捕到一个断崖上,赵家的小姐跳了下去,但并未在崖下找到尸首,因为那个断崖……

断崖到底是怎么回事，唐锦并不知道，他只听到这里，就看到老父亲摇摇手，让成恒下去了。

从那个时候起，唐锦就没有一刻停止寻找，虽然很恨，可是面对自己的父亲，他还是软弱地屈服了，帮着打理家中的大小生意，比较重要的货物，就由他亲自押送。

这次的货物是交不上了，这笔生意对父亲很重要，可是没想到居然在这里遇到了女萝。

他听说过女萝崖的传说，他知道那些为情而跳崖的女子会在这里变作妖孽，等待那个人的到来。

可他认为这仅仅只是故事。

雨下得有些大了，寒风阵阵，可他一点儿都不后悔自己留在了这里，从看到那双眼睛的那一刻起。

太像了，实在是太像了。那双透彻的眼睛，和青纱，真的一模一样。

他相信，青纱说不定就是从这里跳下，化作女萝，就是为了等他的出现。

这一定就是他的青纱了……

火光微弱地跳动了一下，忽然熄灭了，身边围绕着的藤条似乎也不再惧怕那把不再舞动得起来的长剑了，纷纷向他袭来。

雨似乎停了，唐锦觉得风也没吹了，他似乎是被一个什么东西包裹了起来，软软的，非常温暖，却没有感到疼痛。那些等待多时的女萝们似乎并没有立刻攻击他。

◈守护◈

"呀……"他听到一个沉闷的呻吟。

"青纱……"他听出是丝萝的声音，努力地睁开眼睛，看到自己正被裹在一堆细软的藤叶中，而包裹他的，正是小丝萝。

终归还是妖孽吗……

"呀……"她又低低地呻吟了一声，似乎是在和什么搏斗着。

一个女萝很明显是在攻击包裹着他的丝萝。并不顾及同类的感情，只是在争夺猎物。

"青纱……别管我……"发现丝萝是在保护自己，他很是感动，可是他却没有一丝挣扎的力气了。

镜花物语

"唰唰！"

女萝们撕打着，小丝萝被狠狠地推到地上，藤叶被撕扯得到处飞舞。

"青纱……"他很想做些什么，可是别说拿剑，他连动也动不了了。

似乎是害怕他受到伤害，他明显地觉得藤条缠得更紧了，让他喘不了气了。

"青纱……"透过斑驳的叶片，他最后看到一轮圆圆大大的月亮。

"青纱……到底是不是你……"似乎还有丝丝的细微的歌声，犹如天籁。

雨在月亮落下去的时候停止了，女萝崖上一片狼藉，小丝萝靠在她栖身的大岩石上，她身边是睡去了的唐锦。

他来的时候气宇轩昂，拿着那把寒光阵阵的长剑，明明已经逃脱，又为了一双迷茫的眼睛归来不再离去，现在他躺在丝萝的怀里，手脚都因为伤口没有及时的医治而腐烂露出森森白骨，脸色也没有了那份骄傲，那双曾经露出让丝萝迷茫不已的眼神的眼睛，也再也不会睁开了。

丝萝不知道自己为什么要这么做，她要等待的，不知道是不是就是这个人。

她不记得这个男人，只记得他绝望的眼神，那曾经在她心中回荡的眼神，只是是不是那个人，她不记得了，也不重要了。

她只记得自己是丝萝，丝萝在等什么人，或是什么事情的发生。

那么，是不是这个人呢？

她看着怀中的男人，裹得更紧了，她不想要再失去，她再也不能承受失去。

"哗啦啦！"

不知道多少年后，又有商人途经这里，女萝们来不及展开舞动的藤条，就迎来了一阵漫天大火。商人们准备好了足够的油和火药，将一崖的女萝，烧得干干净净，藤条中包裹着的尸骨，就顺着山崖滚落下来。

"哎，你们看，这两具尸骨，还是抱在一起的呢。"有个小伙计跑到大岩石后面出恭，就看到两具抱在一起的尸骨。

"可不是嘛，其他都只是单独的。"又一个人来看看，顺便踹了一脚，于是尸骨便碎在了一起，再也分不出哪儿是哪儿了。

"走吧，还要赶路呢，这女萝崖，不久又会长出妖孽的。"

◈记得◈

传说那片山崖，从无人敢攀登。

不是因为崖上常有绝情的女子跳下，而是因为那跳下的女子，从来都找不到尸骨。

非要是绝望到底的女子，非要是被情伤得遍体鳞伤的女子，才会从女萝崖上跳下，山崖的藤会接住这些伤心的女子，吸食她们的血肉和怨气，让白骨长出绿色的肌肤，成为女萝。

女萝们会忘记生前的事情，但却不会忘记等待，她们在等那个让她们伤心欲绝的人，几十年，甚至上百年的等待。

直到该来的人也化作白骨永远不再出现了，她们还是在等待，最后，被大火烧得只剩碎片。

应小苔笔记

此文说得好听是借，说得不好听是偷。

那年暑假玩《仙剑奇侠传四》玩得如同水火，女萝崖下面有个叫作绿萝的小怪，人身藤尾，模样相当貌美……但也相当难打，一旦遇到，经常打不过就死了……

所以我是很怨念这个怪，也很喜欢她（这个悲哀的看脸的世界）。

既然有了怨念，既然喜欢，免不了就会去想象，去猜测，这样的一个貌美的怪，为啥要混在这不见天日的女萝崖底，而女萝崖又为什么要叫女萝崖？游戏里可没有交代，这部分好歹算我原创的了……

嗯，向伟大的"仙剑"致敬。

镜花物语

镜花物语

太阳下雨，狐狸娶妻

你收了定情的簪子，为什么又要嫁给别人？

❀太阳雨❀

姑娘听得院子里传来淅淅沥沥的雨声，便趴在窗台上，悄悄地向外看去，明明天上挂着一轮明晃晃的太阳，又怎么会下着雨？

"小姐在看什么？"奶妈从身后将她从高高的窗台上抱下来，"小心摔倒了。"

"又是太阳又是下毛毛雨，真奇怪。"姑娘将一只白嫩的小手指着那挂得高高的太阳。

奶娘宠溺地笑了笑，摸了摸姑娘的头："那是狐狸娶媳妇嘛，所以才会下太阳雨。"

"狐狸娶媳妇？"小姑娘开心得不得了，"我要去看新娘子！"

"小姐小姐，撑把伞再去呀，淋湿了会生病的！"

姑娘根本不听，穿过好几条廊子直往后院跑去。屋后有一片竹林，有一条石砌小路，还有一棵高大挺立的柳树。

身后奶妈的大嗓门随着她跨过院子的门忽然消失了。竹林中挂着一轮小巧的彩虹，竹叶上都是晶莹透亮的小水珠儿，居然真的有吹吹打打的声音，一顶小巧的花轿正从那柳树下经过，穿红戴绿的人们有的吹着喇叭，有的举着很大的花牌，一群蓝色的蝶儿绕着轿子，一副欢天喜地的样子。

镜花物语

097

只不过那些人儿看起来都有些古怪，个头有些矮小，走路的姿势也奇怪得很。

姑娘那时候才刚好五岁，光顾着好玩，不知不觉就跟着跑了上去。

明明几步就要走到队伍跟前，却不知道被谁从背后抱住了。

"喂，你要做什么？"

姑娘回头看，是一个虎头虎脑的少年，他穿着整齐的花褂子，头上歪着戴了一顶不知道什么动物的帽子。

"放开我！我要去坐那顶漂亮的轿子！"

"不许看！"少年最多七八岁，却有些霸道，"花轿里面是我姐姐，蝴蝶也是我姐姐的，摸了你就会生病！"

"不就是一顶轿子嘛！"姑娘有些不乐意，赌气似的甩了甩手，将少年推开，非要往前冲。

"喏，你看这样行不行？"少年有些为难地抓了抓头，接着从怀里摸出一支发簪来，"你拿着这个，以后等我长大就带一顶一模一样的轿子来娶你，只有做我的新娘才能坐那样的轿子呢！"

发簪半面碧玉半面珠花，一只妖娆的狐狸盘在上面，美得不得了。

姑娘始终是太小了，女儿家见得如此美丽的东西，一开心什么都答应了，等她喜滋滋地将发簪插入自己好不容易揪起来的一撮青丝里，再抬头时眼前的少年就已经消失不见了。

不仅是少年，那吹吹打打的队伍、漫天的细语、挂在枝头的彩虹桥，都凭空消失了似的。姑娘只不过站在那棵老柳树下，柳叶落了一身。

"小姐啊，怎么越叫你越跑啊。"院子里跑出撑着伞的奶妈，"要是淋湿生病了，又要喝那么那么苦的药了。"

"可是，阿妈，刚才有狐狸娶媳妇了，还有一轮好美的彩虹桥和蓝蝴蝶。"姑娘呆呆地抬起头，"阿妈一喊我，就都不见了。"

奶妈笑了笑，只是当作童言无忌罢了。

❀定亲❀

"啪啪!"窗户上不轻不重传来敲击声。

薛青莲本在花架前费力地绣着花儿,听到这个声音开心地立即把针扔掉了。

"你来了!"她推开窗户,小声地笑着。窗户下那个虎头虎脑的少年正眯着眼睛看着她,手中捧着一大包荷叶。

"给你的。"他将荷叶递进来,里面装着新鲜的果子,红的绿的,沾着新鲜的露水。

"呀。"青莲开心极了,每天这时候奶妈去打盹了,这个少年都会来找她玩,有时候是一束鲜花,有时候是一些说不上名字的野果。

"我送你的簪子呢,你为什么不戴?"少年眯着眼睛看小姑娘欢乐地挑果子吃,发髻上插的是一支蝴蝶花的簪子。

"爹爹说不伦不类的,不让戴了。"姑娘光顾着挑甜的吃,稍微有点儿酸就扒拉在一边不要了。

"哼。"少年有些不高兴,"那可是我送你定亲的。"

"可是我爹爹说了,定亲是要父母之命媒妁之言的,还要送好多个箱子的聘礼才行的。"她光顾着挑果子吃,一点儿也没注意少年的脸色变得有些难看。

"你收了我的簪子可是不许反悔的!"他气哄哄地把果子抛到一边,"我可是每天都会去摘果子给你吃的。"

❀出嫁❀

这次的婚事,终是定下来了。

青莲在一张雕花红木框的铜镜前坐下，百般无聊地梳着一缕青丝，然而眼神却仿佛穿越了铜镜，望向了不知道的什么地方。

"为什么就是不愿意嫁？"

这样的责问，母亲和姐妹们都无数次地问过了，已经十八岁的女孩子，媒婆来说了三次亲，却都是以失败告终。

即使爹爹经营着京城最大的丝绸店，她薛青莲不会嫁不出去，但是这样得罪了媒婆，她年纪虽然也不小了，却是好长时间没人再来提亲。

所以这次的婚事，说什么也是赖不掉了。

嫁妆一共有十八只红木的大箱子，那是在她十五岁的那年就准备好了的，夫家的聘礼也早就送到了，红色的嫁衣也是安静地躺在床上。

"莲儿啊，这次的事，对爹来说关系重大，你可不能再任性了。"头天晚上，薛老爹背着手，在书房来回踱步，"只有张家可以拉爹这一把，你嫁去了，薛家也就保住了。"

早就知道父亲这几年的生意做得不太好，只是没有想到，竟然到了如此地步，家中的仆人已经遣走大半，后院也似乎荒废了打理，姐妹几个也是许久没有添置新衣了。

家里的弟妹都还小，唯一的姐姐已经嫁人，母亲又多病缠身，每天都少不得参茶鸡汤补着，家里的丝绸店，也需要银钱来周转。

而这一切，似乎是只要她嫁了，就都可以解决了。

"莲儿啊，过去爹也没少疼你，住的用的都不比其他姐妹差，前几次的婚事你不满意，爹也依了你，这次，你就不能拉爹一把？"薛老爹晃动着一颗花白的头，他还不到五十，却连牙齿也松动了。

她没有出声，只是默默站着。

"张家家底踏实，张少爷也一表人才，你嫁去有的是锦衣玉食，又可以保住薛家，这有什么不好的？"

见女儿没有出声，薛老爹当她是允了，于是一挥手："婚事就这么定了，这些天还需要些什么，就跟爹说好了。"

也不是她真的就不想嫁，哪个女儿家不希望找到一个属于自己的归属，只是她总是觉得，她要等待的人，还没有来。

她也知道自己有些神经质了，不过这次却是再也找不到借口了，只有顺从父亲的意思嫁了，于家于己，都没有坏处。

铜镜前，青莲继续无聊地拨弄着自己的发丝，却意外地在铜镜中看到了一只蝴蝶。

一只蓝色的蝴蝶，在她身后扑腾着，翅膀上仿佛有荧光的磷粉，细细地往下掉，美丽的翅膀扇动着，滑出镜外。

她先是一愣，然后转头过去却什么也没有看到，背后的小几上，只有一盆普通的兰草，窗户也紧闭着，别无他物。

"是什么？"她又回头看看铜镜，确实什么也没有，疑心只是自己眼花了而已。

只是那只蓝蝴蝶，像极了夏日荒野的鬼火，荧荧闪动，让人心中为之一悸，却又挪不开视线。

◈呼唤◈

青莲居然就这么病了，她躺在床上，额上放着湿毛巾，昏沉沉地睡着，虽然已经是初夏，房间里却依然点了炉火，并关闭了门窗。

"要是莲儿出了什么事，就让柳儿去好了……"

半睡半醒中，她听见老父亲在说。

"不行，柳儿不行！"她本想出声阻止，却睁不开眼睛，也发不出声。

她知道红柳和东巷银号的少爷情投意合，只等对方来提亲，两个人是郎才女貌，拆散不得，而自己是没有意中人的，最适合不过了。

然而她浑身仿佛没有了骨头，软绵绵的，也使不出一丝力气，然后又听得老父亲凭空一声叹息，便又跌入沉沉的梦中。

梦有些奇怪，有一轮好漂亮的彩虹，还有一顶小巧的花轿。一个虎头虎脑的少年将一支好漂亮的簪子递给自己。

"姐姐，姐姐——"

似乎有人在摇自己的身体，她一恍惚，又感到了温暖潮湿的空气和额头上温热的毛巾。

是红柳。

"姐姐，你不能走，爹说，你要是好不了了，就要我嫁去张家，爹说这门亲事不能就这么算了——"

"没有事，没有事，姐姐没有事——"她想说两句安慰的话，却发现手还是动不了，声音也还是发不出，只能在心中一声苦笑。

"姐姐，平日里你最疼我了，你一定要好起来。"

她听到妹妹的哭腔，不免有些伤感，而红柳抓住她手腕的地方，却是热辣辣的，仿佛一只小火炉，却又甩不开。

"呜呜"的哭声一直绕在耳边，她又有些困乏了，于是也放松了神经，任由自己睡去。

梦里那顶好漂亮的花轿还在柳树下，一双细长漆黑的眼睛正深情地看着她，一个声音拼命地叫着她的名字。

"你收了定情的簪子，为什么又要嫁给别人？"

◈莹蝶◈

她觉得自己的心脏猛地跳了一下，睁开了眼睛，手脚似乎也有了些力量了，手腕处也消失了炙热的感觉，她看到那双黑色的眼睛依旧深情地看着她。

"醒了醒了，姐姐醒了。"她听到红柳雀跃的欢呼声，以及父亲长长的松气的声音。

窗户打开了，火炉也不知什么时候被搬走了，室内不再闷热和潮湿，她甚至还闻到窗外春天最后一枝桃花的香味。

"呼——我没事。"她深呼了一口气，断断续续地说。

"姐姐。"红柳挤了过来，推开那黑色的眼睛的主人，"姐姐你昏迷了好些天了，全身冷冰冰的，我们、我们差点儿以为你回不来了。"

"我没事。"她微笑着拍拍妹妹的脸。

青莲被扶着坐了起来，看到了整间屋子里的情况，爹坐在小几边上，几个仆人站在一边，一个青衣长发的男子，手中执着一只蓝蝴蝶。

"蓝蝴蝶！"她脱口而出。

但是男子并不看她，只是轻轻弹了一下手指，只是一下，蝴蝶就消失不见了，他的手中就剩下一缕逐渐淡化的蓝色荧光。

"什么蓝蝴蝶？"红柳看着她，将一只装了粥的汤匙喂到她的嘴边，"你知道你刚才说什么了吗？才不过刚醒来，就对着人家说什么彩虹簪子什么的。"

"是吗？"她将粥吞下，一边回忆刚才的梦，一边细细打量眼前的这个青衣男子。

只不过二十出头的样子，清秀的面孔，漆黑的长发，一双眼睛仿佛是看不到底的潭水，跟梦中的一模一样。

他玩弄着手中那一缕蓝光，仿佛是一条蓝色的小蛇在指间滑动。

"薛小姐看得见？"他问，眼睛却看着别处。

"是的，看得到一只蓝色的蝴蝶——"

"蓝蝴蝶？薛小姐真会开玩笑，这是一只莹蝶，生活在森林深处的莹蝶。"

"莹蝶啊……"她想起了梦中那美丽的彩虹以及那个虎头虎脑的少年，

"我做了一个梦，梦到那只蝴蝶，还有——"她将目光对准那双黑色的眼睛。

"莹蝶会激起人一些忘记的回忆，也许小姐有什么重要的事，忘记了吧。"

"是吗……"她低下了头。

"好了，让莲儿好好休息吧。"一直没有出声的老父亲终于发话了，"柳儿你留下来照顾她。"

她看到那一袭青衣随着父亲出了门，眼中满是失落。

"柳儿，他是谁？"门合上后，她问妹妹。

"大概是一个大夫吧，是我请来为你治病的，但也没见他替你号脉什么的，只是屋子里瞎抓了几圈儿。"

"那我的兰草呢？"她忽然发现不见了那心爱的白玉花盆。

"怪人讨要去了，说是什么难见的蝴蝶兰，就抵出诊费了。"

她于是沉默了，用手习惯性地将起发丝用手梳理着。

"你收了定情的簪子，为什么又要嫁给别人？"

只是这句话，一直在心中跳着，不曾落下，并微微心痛着。

◈阿狸◈

婚期终还是近了，青莲的病也确实好转了，偶尔上街买些胭脂水粉，就常看到那少年在城里顶好的酒楼中饮酒，姿势是绝对的优雅，俊秀的侧脸总是让她心中一阵慌乱。

莫不是爱上他了？那种熟悉的感觉，从梦中那双眼睛开始，只是张家已经帮家中的丝绸店周转了，婚期也不足十天，哪还有挣扎的余地。

青莲硬是将这感情生生地压在心里，不敢透露丝毫，偌大的一个薛家，还靠她用自己的婚姻来扛起，而她这样一个女儿家，尤其是这样家庭的女儿，婚姻大事，又怎由得自己做主？

她又想起那只蓝色的蝴蝶，以及梦中那半玉半珠花的簪子，也不知这些为什么都那么熟悉，却又死活想不起来。

她想再去会会那奇怪的少年。

临福楼，二楼的雅间，她知道少年爱在这里喝酒。

"薛小姐别来无恙。"少年优雅地浅酌着，一双漆黑的眼睛依旧是望不到底。

"倒是无恙，公子近来可好？"

"敝姓胡，小姐称呼我为阿狸就好。"

"胡公子，我有些事情，想请教你。"青莲心中一咯噔，这少年的名字，连起来不就是狐狸吗？

"请讲。"

"我与公子，过去是不是相识？"她小心翼翼地迎着那再熟悉不过的目光，压抑着自己快速的心跳。

"是不是相识，小姐心中难道没有一点点印象吗？"阿狸把玩着酒杯，细长的眼睛斜看着对面的姑娘。

"我……"青莲小心翼翼地开了口，"我确实记得你的眼睛，还有……一支簪子，可是我小时候曾经淋雨发烧过，好多记忆，都被那场病夺走了。"

"那么簪子呢？"

"簪子……"姑娘的目光看起来很是迷茫，"我记得是半玉半珠花，可是却想不起来放在哪里了。"

姑娘犹犹豫豫的话音还在半空中盘旋，阿狸就忽然斩钉截铁地接过话头，并从怀中摸出一个东西，拍在桌面上。

"可是这支？我从你的白玉花盆中找到的。"

簪子半玉半珠花，一只妖娆的狐狸图案盘旋在上面，但似乎很久没有被人抚摸过，朦朦胧胧看起来没有什么光泽。

"就是这支！"青莲激动地叫出声来，她小心翼翼地拿起那支簪子，可手指尖不过刚触到，很多记忆就忽如其来地涌入了心间。

她看到一轮美丽的小彩虹，淅淅沥沥的太阳雨，漫天飞舞的蓝蝴蝶，还有一个虎头虎脑的少年。

"你拿着这个，以后等我长大就带一顶一模一样的轿子来娶你，只有做我的新娘才能坐那样的轿子呢！"

那个少年的眼睛，和阿狸的一模一样，细长的，似笑非笑的。

青莲只觉得大梦一场，小时候的种种，忽然就全都记起来了。猛地醒来，却依然坐在临福楼的二楼雅间。

"都想起来了吗？你真的要嫁给那个不学无术的纨绔子弟吗？"阿狸正定定地看着她。

"我……"青莲好想再跌入刚才那个梦中，她低着头，捏紧了自己的衣角，很认真地回答，"我什么都没想起，不就是一支簪子嘛，我当然要嫁给张公子！"

"那便后会无期吧。"

青莲只听到这个声音，一抬头，却发现对面不见了那人的身影。

只有一阵风，二楼的雅间中，一个人就这么凭空消失了。

"这位公子常这样来无影去无踪的，小姐不必见怪了。"小二收拾东西经过，刚巧看见青莲对着窗户发呆，于是便告诉她，"我们都已经习惯了，他是从这边窗户跃下去的。"

青莲觉得心痛得受不了了，仿佛是丢失了什么非常贵重的东西。

"呜呜呜……"她忽然蹲下，忍不住哭起来。

打从那天起，阿狸再也没有出现过了。

◈悔婚◈

"姐姐，你怎么又把这支簪子拿出来了？"柳儿路过青莲的房门，看见姐姐正捏着一支发簪发呆。

"你知道这个？"青莲回过神来，柳儿已经坐在对面，自顾自地倒了一杯茶水喝上了。

"怎么不知道啊。"柳儿笑了笑，她的样子跟姐姐很像，还多了几分天真，"小时候见过一次，你从后院竹林回来手里就捏着这个，一脸欢喜地说要当新娘子了，可是接着就发烧，烧得迷迷糊糊的也握着这东西不肯松手。"

小时候发烧的事，青莲是听奶妈说过的，可是这支簪子，家里上下从未有人说过。

"可爹说这个东西晦气，就给拿走了。那次你病了好久，醒来后就什么都不记得了。"

"难怪……我后来什么也不记得，簪子也不见了。"青莲有些恍惚，"可是现在找到了……也没有什么用了。"

柳儿神神道道地往外看了一眼，将房门合上。

"姐姐……你若是真的不想嫁，你就快走吧。"柳儿小心翼翼地从怀中摸出一包碎银子，"这是这些年我攒的，你跟送你簪子的人一起走吧。"

青莲瞧见妹妹信誓旦旦的样子，不知为何感到一阵欣慰。

"可是我走了，爹就会把你嫁过去，姐姐又不是不知道你的事，你还小，不适合。"

"今日早上金家已经来提亲了，爹爹也答应了，就算你现在悔了婚，想必爹爹也不会得罪金家吧。"柳儿说着伸手拍了拍自己的胸口。

"可是，要带我走的人却不见了。"

◈迎亲◈

就算千万个舍不得，可总归还是嫁了。

薛青莲出嫁的那天，几十只箱子装着她的嫁妆，花轿是八人的，挂满了绸缎，高头大马上坐着的是她未来的丈夫。

那天天气好得不能再好，一轮明晃晃的太阳挂在天上，待新娘子的轿子进了树林，却不知道为何又下起雨来了。

"真是晦气得很，淋湿了我的衣裳可怎么办？"新郎在马背上嘟囔了一句，他其实一点儿都不关心他的新娘子，他只惦记着他那在丽春院的几个老相好。

"那就停停呗，这雨很快就停了。"喜婆讨好似的将队伍停了下来，陪着新郎一边躲雨去了，几个轿夫将头马拉了去吃沾了雨水的嫩芽儿，新娘子就被人忘在轿子中了。

"怎么不走了？"青莲敲了敲轿门，想问喜婆。

出门前娘亲可是一再交代，千万不能随意掀开盖头，这样会不吉利的。

外面并没有出声，但是轿门开了，一只手伸进来扶她，青莲就跟着手下了轿，接着那只手又掀开了她的盖头。

"哎？"她有些惊讶，但随即就被眼前的一幕惊呆了，外面烈日当空，树林中却下着淅淅沥沥的小雨，半空中挂着一轮小巧的彩虹，树叶上都是晶莹透亮的小水珠儿。

一顶小巧的花轿正停在那柳树下，穿红戴绿的轿夫正候在一边，有的拿着唢呐，有的举着很大的花牌，一群蓝色的蝶儿绕着轿子，一番欢天喜地的样子。

居然跟十年前一模一样。

青莲只觉得心中一阵感动，她回过头来，牵着她的人，正是那似笑非笑的阿狸。

"这支簪子，我亲手给你戴上好吗？"

"你……不是走了吗？"

"可是柳儿跟我说，你偷偷躲在屋子里哭。"男人笑着，指着那小巧的轿子，"跟当年的一模一样，连那些蝶儿，也是一样多的呢。"

"柳儿怎么会知道你在哪儿？"青莲开心得不得了，她蹦跳着要去抓那些蝶儿。

"你忘了啊，我可是柳儿请来替你治病的大夫啊。"

"可是我爹……"

"柳儿说，她嫁的人家，可比张家还好呢。"

青莲这才安下心来，她欢快地拉下盖头，任由阿狸扶到了新的花轿里。

"我终于……嫁给自己喜欢的人了。"

◈狐嫁◈

张家的新娘子，在结婚的那天失踪了。

那天天气尚好，一轮烈日挂在天上，却不知道为何下着淅淅沥沥的小雨，花轿抬到小树林后不过眨眼工夫，新娘子就从花轿中消失了。

有老人说，太阳雨，可是狐狸在娶媳妇呢。

张家那新娘子，定是被狐狸给娶走了呢。

应小苔笔记

这个故事借鉴了日本的民间故事。

据说下着太阳雨的时候，狐狸就会来娶新娘了，当时还有一张插图（出处我不记得了），大概就是一个眼睛细长的男人，戴着狐狸的面具，穿着和服，在一个人家的后院偷偷地看小姑娘。

所以我也一直想写一个狐狸娶新娘的故事啊。

直到最近看到一支狐狸簪子，木头的，一张狐狸的脸，外形好看价格也很好看……我翻来覆去地看了几次，决定，就是你了。

就是你来陪我编故事啦。

如意珠花

如意珠花，生于蓬瀛岛，需真情灌溉方能开花，
花谢后成玉石状态，情不尽，花不落。
本不老不死，但若真心被背叛，凋于朝夕之间。

❀云生❀

少年在雪地里走了三天三夜了，四周除了白茫茫的飘雪，就是白茫茫的雪地。

雪下得仿佛是漫天飞舞的柳絮，迷迷茫茫的一丈开外就不太看得清楚，他觉得自己的双腿仿佛灌了铅，再也迈不开步子了。

四周都是一望无际的白色，最后一块熟食在前天晚上吃掉了，上好的裘皮大衣裹得再紧也没有温度，都怪这大雪天，一点儿食物都找不到，甚至连生火的干树枝都没有。

恐怕找不到那朵如意花……就会冻死在这里了。

李云生努力想要打起精神来，至少找到一个能遮头的地方，可是身体却仿佛困得要死，双腿陷在深深的雪里，一点儿劲也使不上，身体也不受控制，直直地倒了下去。

好想睡……好想睡……可是那如意珠花啊……都怪自己……为什么夸下那样的海口？

说起来都怪三个月前那场该死的赏玉大会。

说起这赏玉大会，确实是这些富家子弟在赏花会、赏月会、赏灯会，甚至闻香会后依旧百般无聊所举办的，内容是将各家所珍藏的玉器拿出来，互相欣赏，攀比甚至炫耀。

李云生记得很清楚，去年和今年，他都没能拿出一样像样的东西来，虽然他也是李唐王室的旁支，但是现在毕竟正是女皇武氏的天下，落魄是避免不了的了。

"李云生，你这个落魄的皇家子弟又来陪我们玩了啊！"一个富家子摇晃着手中的血玉戒指，"今年我得了这件宝贝，除非你能拿到蓬瀛岛的如意珠花，不然……嘿嘿。"

肥头大耳的富家子笑着，他爹当年不过也只是一个屠夫罢了……如今居然也能跟自己平起平坐了。

"蓬瀛岛的如意珠花是不是！"李云生重重地拍在桌子上，惊得几个陪酒的歌姬四散逃开，"我这就去取来给你看！莫要小瞧了我们李家子弟。"

如意珠花不过在二十年前昙花一现罢了，据说有个富家子从蓬瀛岛上带了一朵回来，艳惊四座，然后就一夜暴毙，珠花也没了消息。

海口是夸下了，可是这蓬瀛岛和如意珠花，不过只是传说中的罢了……为了一场赌注，搭上了自己的命真的划算吗？

在这种冰天雪地……睡着了，也许就意味着再也不会醒来了。

"喂，你怎么了？"一双温暖的小手伴随着少女清脆的声音出现在耳畔。

莫非是幻觉？少年努力地睁开眼睛，想要看清楚眼前少女的样子，可是不管他怎么努力，也只看到一袭青衣和一只红色的、娇艳欲滴的耳坠子。

"这……是哪里？你是谁？"

"这里是蓬瀛岛，我叫幽萝。"少女的声音美得不真实，仿佛来自梦中。

她定是这雪地中的仙女，想到这里他松了口气，安心地闭上了眼睛。

看起来……是不用死了。

镜花物语

◈幽萝◈

蓬瀛岛到底在哪儿，世人没有说得清楚的，李云生不知道，幽萝自己也不知道。

幽萝是打小就住在蓬瀛岛上，她说不清楚自己多大，也说不清楚自己姓什么，父母是谁，独独只记得，年迈的阿婆是在一棵茶花树下捡到自己的，将自己抚养长大，至于别的，阿婆去世后，就再也无法了解到了。

因为这个不大的岛上，只有她自己和那些遍地都是的山茶花，饿了就食些野果儿和小花小草，渴了就喝一些茶花上的凝露，阿婆说过，蓬瀛岛上的姑娘，有这些就足够了。

阿婆说，只要不离开，她就能一直活着，只要不被人骗走珍贵的东西，她就能永远这么漂亮。

阿婆还说过，岛上并不欢迎外人，尤其是想要这里的花儿的男人。

可是对幽萝而言，什么是外人，什么是男人，阿婆没说过，她也从未见过。

"这……就是外人吗？"

那天少女有些意外地看着雪地上的少年，他冻得嘴唇发紫，一对剑眉紧蹙着，睫毛上还挂着几朵冰晶，倒是……好看得很呢。

"喂，你怎么了？"她有些慌张，阿婆曾说过，外人……都不是什么好东西，见到他们最好立即杀死，千万不要让他们偷走岛上的任何东西。

"这……是哪里？你是谁？"少年的声音很疲惫，很无力，似乎是这蓬瀛岛的雪花冻坏了他的嗓子。

"这里是蓬瀛岛，我叫幽萝。"

听到她的回答，少年忽然就轻松了起来，仿佛是受伤的小鸟回到母亲的身边，安心地闭上了眼睛。

可是这么好看的人，怎么会是坏人呢……幽萝一犹豫，还是用青藤将男人拖回了屋里。

也许他……跟阿婆说的坏人，是不一样的。

若是真的不管他，蓬瀛岛的冬天，可是会冻死人的。

在岩壁里凿出来的房子虽然不算宽大，但是却冬暖夏凉，幽萝将火生起来，厚厚的垫子上，少年的脸色开始慢慢红润起来，渐渐恢复了意识。

李云生听到火烧柴木噼噼啪啪的声音，慢慢睁开眼睛，看见那袭绿衣的少女正蹲在他的榻边，小心翼翼地扒拉着一只火炉子。

姑娘的侧脸白皙光滑，那么厚的积雪她仿佛不怕冷的样子，薄薄的衣衫，圆圆的小脸带着一丝红晕，一只珊瑚红的耳坠子挂在耳边，显得她的耳垂更加白嫩。

"咳咳……你是仙女吗？"少年小声嘀咕着，这姑娘比他见过的所有的皇亲国戚都要清秀漂亮。

"你醒了吗？"姑娘尖着嗓子，红着脸小声问。

毕竟是第一次看见陌生的人，还是个漂亮的少年，她不知道为什么，脸红得不得了。

"你……可知道，如意婆婆在哪里？"少年的声音还有些沙哑，但依然很好听。

"你为什么找如意婆婆？"她有些意外，"这里只有我一个人啊……"

"这里只有你一个人？"少年有些沮丧，慢慢坐了起来，"惨了……我就知道，如意珠花这种东西，一定只有传说里才有的……"

"可是……你说的如意珠花，我倒是知道。"幽萝低着头扒拉着火炉，悄悄地用眼角偷看那少年。

"你知道？"李云生激动得快要跳起来了，他急忙抓住姑娘的双手问道，

"快告诉我！在哪里？"

幽萝被吓坏了，她急忙从对方手中抽出自己的双手，眼神慌乱得不知道看哪里才好，她将屋角那扇小窗户打开，说话都快结巴了："你……你看，冬天、冬天花都没开！"

李云生往外看去，果然一大片一大片的矮灌木，可是连个花骨朵都没有。

"你说的如意珠花……是这种山茶花？"

李云生觉得失望极了，要知道，赏玉大会出现的东西，肯定是玉石宝珠，怎么会是这种娇嫩的花朵儿，就算真的有那么稀罕的花朵儿，自己找了一个多月才找到这里，带回去也只能当干花了啊。

"阿婆说了……如意珠花，要用自己的真爱浇灌，才能开出玉色的半透明的茶花儿。"

李云生把头靠在榻边的窗户上，再也不想听姑娘说了些什么。

◈情根◈

这已经是冬天里的最后一场雪了，没想到这传说中的蓬瀛岛，也是四季分明的，待积雪化开，窗外的小灌木开始发出新芽的时候，李云生那被冻坏的双腿，也勉强能下地行走。

算起来他也在这里待了大半个月了。

外面虽然寒冷，可小屋里还算暖和，他每日只能在屋里的软榻上躺着，吃姑娘从外面带回来的野果和花露，虽然吃不饱，但是也没觉得饿，双脚也恢复得挺好。

或许这里真的是神仙住的地方吧。他如是想。

幽萝答应他，在他腿脚好起来之前，一定会培育出他想要的花儿，让他带回洛阳。

可是就算真的有这样的花儿，他也带不回洛阳去啊。

"云生，云生！"屋外传来姑娘欢乐的声音，她猛地推开了木门，怀抱着一只花盆，夹杂着一股冷空气闯了进来。

"这嫩枝被我移到白玉花盆了，放在屋里温暖一点儿的话，可以早些开花的……"

李云生尚在发呆，听得姑娘的话，总显得有些心不在焉的样子。

自己想要的，并不是一朵花儿啊。

"你……不高兴吗？"幽萝看他心不在焉的样子，有些不知所措。

"喜欢啊，我喜欢，只要是你种的，每一朵我都喜欢！"李云生急忙回答。

"你放心好了……"幽萝说话总是小心翼翼的，仿佛自己就是一朵娇嫩的花朵儿，"虽然这种花儿很难培育，但是阿婆教过我，我……一定……"

"一定一定什么啊！"少年忽然不高兴起来，"你就那么想要种出花儿，然后送我离开吗？"

"我……我没有啊。"幽萝一着急，又有些小结巴起来，她越急着想要解释，就越是说不清楚。

"我……并不想，离开你啊。"李云生涨红了脸，他别开头看着窗外，有些赌气般地丢出这句话。

屋里忽然就安静了，只听到炭炉噼噼啪啪的燃烧声。幽萝本来就害羞，这下子更是脸红得像朵盛开的花儿。

"喂，幽萝……"耳畔传来李云生的低语，"你若是不喜欢……就当刚才我什么都没有说过好了。"

她总是这样害羞，大概是因为常年跟山茶花为伍，性子也像那些花儿一样，其实她心里就像有只小鹿那样乱撞，嘴巴张了几次，就是什么都说不出来。

"你就不要费心思去种什么花儿了，我也带不走，等腿伤好了，我就会离开这里的。"

"我……我一定会种出来的！"姑娘忽然抬起头，涨红了脸斩钉截铁地说，她的双手捏着自己的衣角，紧紧地绞成了一朵麻花。

❖浇灌❖

没想到那么快，那只移到花盆中的枝丫儿，很快就长成了低矮的灌木丛，小小的花盆很快变得拥挤了起来。

此时不过刚刚开春，也许两个热恋中的人感情就是那么好，引得那丛灌木拼命地长，不知不觉中，就迸出了一个花骨朵儿。

"唉……"正在修枝的幽萝发出低沉的叹息，听不出是开心还是沮丧。

"怎么了？"李云生立刻靠了过来，他正端着从屋檐接回来的无根水，想要浇灌。

"开出花骨朵了。"姑娘指着一朵碧绿的、小得几乎看不清楚的花骨朵儿说道。

"那可真是太好了。"李云生开心极了，他小心地用手摸了摸那只花骨朵，"摸起来冰冰冷，有些硬硬的，好像真的是玉石做成的。"

"再大一些的话，就能成为真正的玉石的触感了。"姑娘有些不乐意，"可是花开了的话，你就要走了。"

李云生光是一个劲地笑，他捏着幽萝的手，小心翼翼地放在自己的胸前，幽萝只感觉到扑通扑通的心跳。

"你放心好了，我早就盘算好了，等花儿一开，我就带着你和花一起去洛阳，虽说我家门败落了，但是我一定会努力赚钱养你的。"

听到这话，幽萝的神色更是暗淡了。

她把手抽了出来，把弄着刚刚接回的花露。阿婆说过，蓬瀛岛上的姑娘，若是离开了这种露水，就一天也活不下去。

"你……不能为了我，留在这里吗？"她想了很久，抬起头小心翼翼地问道，"蓬瀛岛……其实挺好的，你陪我留在这里生活，和这些花儿一起……"

"幽萝啊！"少年的滔滔不绝打断了姑娘的话，"你没出去过，当然不知道外面的世界多好了，东都洛阳的牡丹开得是多漂亮，外面的世界可不是只有野果和花露，有很多美味的菜肴和酒水，那里的姑娘们总穿着各色漂亮的衣裙，可不只是有碧绿色啊……"

一提到他曾经生活过的地方，幽萝看到，他的眼睛里全是兴奋的神色，久久熄灭不了。

"可是我……"

"你放心好了！我一定会带你回去，让他们都看看，我李云生不仅有如意珠花，更娶到了一个美得不食人间烟火的媳妇。"

"洛阳有什么了不起！你为什么老是念着那个地方，为什么就不肯为了我留下？"姑娘不开心地将花盆推开，"我根本就不能离开这里，不能离开蓬瀛岛的土地和花露啊！"

"你！"少年涨红了脸，"你根本就是无理取闹！"

那是两人第一次争吵，虽然不过是寥寥几句，可那天两人总还是没有再说一句话，默默地收拾好东西之后，各自和衣卧下，各自暗怀心思。

阿婆说得对……根本不该把自己最珍贵的东西，给外人，就算是云生，得到了想要的花朵，也就想要离开了。

罢了，也许他根本就不属于这里，是自己答应人家一定会培育出花儿来送给人家，谁叫自己不争气爱上他了呢？

想到这里，幽萝这才安下心来，缓缓地有了睡意。

❀茶花❀

洛阳的牡丹，已经开过了，赏玉大会，也已经结束了。

风尘仆仆的李云生带来的那盆花儿，在大会上出尽了风头，他那盆倾国倾城的山茶花，细看之下，绿叶簇拥之下，居然是一朵玉雕的花儿，不仅每一片花瓣都栩栩如生，就连那些花蕊花萼，也浑然天成。

这样的一朵花儿，居然是长在绿色的矮灌木中的。

若不是亲眼所见，根本不会有人相信，如意珠花，居然真的可以这么美。

据说大会现场就有人喊到了天价，可是落魄的李云生，硬是没舍得卖掉，他小心翼翼地将花儿又装回了随身的木箱中，甚至没有来得及坐下休息，又踏上了不知道去哪儿的道路。

"还真被那个浑小子找到了这东西！"先前挑衅的胖阔少狠狠地往地上唾了一口，"叫几个手下跟着他，看看他从哪里搞来的，必要的时候，就，嗯哼！"

他那胖手狠狠地劈下，面露凶光。

"阿婆阿婆，你说不被人骗走珍贵的东西，就能永葆青春，可是你为什么变老了？"小姑娘拉着一个白发老妪的袖子，一边撒娇一边问。

老妪看起来已到垂暮之年，她怜爱地抱起小姑娘，轻轻地拍着她的后背。

"蓬瀛岛上的女人，都是这么命苦，若能抛弃情爱，方能青春，可是若真的无情无爱了，再美的青春又有什么意义呢？"

"可是阿婆，幽萝听不明白啊。"姑娘眨巴着眼睛，歪着脑壳看着老妪。

"你不需要明白。"老妪叹了口气，"等有天你遇到你命里的那个人的时候，你就会知道我说的是什么了。"

为什么又梦到阿婆了？

镜花物语

幽萝再也睡不着了，她爬起来点燃了一支蜡烛，静静地坐在梳妆台前。

红烛摇曳着发出微弱的光线，铜镜里模模糊糊地映出一张女人的面孔来，眼角不知什么时候爬上了细纹，耳畔也有了白发。

他离开，已经有半年了吧。

她现在终于懂了阿婆的话，为什么她总是看着通向岛外唯一的道路，为什么她苍老得那么快。

幽萝摸了摸自己的肚子，还有两个月，孩子就该出生了吧，可是孩子的父亲却还不知道在哪里。若是孩子将来问起父亲是谁，自己又该如何回答？怪不得阿婆总说，是从茶花树下捡到自己的。

她苦笑了一声，原来许多看不懂的事情，到了今天，却意外地清晰了起来，阿婆就是自己的母亲啊，她定也是被人带走了感情，而那个人……却再也没回来。

某个下雨的早上，她睡醒起身的时候，身边的软榻已经凉了，李云生连同那只花骨朵，毫无预兆地消失了。

不是说好了，花开了的时候……才走的吗？

❖老妪❖

蓬瀛岛真的是一个神仙般的地方，幽萝常常不记得自己幼年时期的事，有了自己的女儿后，她才明白，小姑娘真的是见风就长，一天一个样子，等她能满地跑的时候，自己已经白了头。

想来自己也是这样长大的吧，幽萝常常对着镜子中一天一变的样子苦笑，转眼间小女儿能牙牙学语的时候，开口第一句，总不能教她喊自己妈妈吧。

也不知道……云生是不是也是这样长大的。

"嗷咦……"怀中的小女娃又手舞足蹈地哭起来了，看样子是饿了。幽萝急忙从怀中摸出捂暖了的茶花凝露，喂到孩子的嘴里。

为什么云生会不喜欢吃这些呢？明明这些凝露又香又甜。为什么他总是想着那个叫洛阳的地方呢，明明蓬瀛岛才是人间仙境啊。

花白头发的幽萝抬起头来，自从那花儿被带走后，她已经老了三十岁。

罢了罢了……反正再过不了多久，自己也就会化作茶花儿的吧。

李云生顺着记忆中的道路，又走到了蓬瀛岛的旁边，看着身边越来越熟悉的风景，他的心也越提越高。

不知道幽萝好不好，不知道自己的不辞而别，有没有伤害到她。

这几天不知道为什么，老觉得有人跟着自己，可是蓬瀛岛上从未有别人的。

一上岛他便觉出了不同，上次来的时候大雪纷飞，到处一片白茫茫，如今却能看见四周都长满了各色的花草，尤其是一丛一丛的矮灌木，开着一朵比一朵精致的山茶花。

好些花儿都是玉色的，看起来跟自己怀中的如意珠花很像。

可是他的那朵花儿，靠的是两个人的感情成长和开放，才不是那些普通的能比的。

想到就快见到幽萝，他的脚步开心得就要飞起来了。

不辞而别是想参加赏玉大会，是想争口气出出风头。

远处那凿在岩壁里的小屋隐约可见，李云生也加快了脚步，他买了很多洛阳才有的东西，女子的衣衫首饰，糖果子小吃，还有一些拨浪鼓和小风车，反正将来，两人还会有孩子的。

"就是这里了，动手吧。"

身后忽然传来一声怒喝，不等李云生明白过来发生了什么，一柄冰凉的长剑，就从他的背后插了进来。

"我们跟着你很久了，就是为了找到这个地方。"两个黑衣人从他身后走出来，笑嘻嘻地看着他，"不枉费我们跟着你风餐露宿了三个月，这地方的花儿，可是能换来金山银山的啊。"

"你们……"李云生觉得力气被抽走了，再也说不出话来，他望着两人曾经居住过的地方，用尽最后的力气，拼命地跑了过去。

"幽萝！快离开这里！"

然而他的声音不过在空荡的屋子里回响，里面只有一个白头发的老妪，和一个牙牙学语的小女娃。

"幽萝……我回来了。"李云生用尽了最后一丝力气，倒了下去。

他的大包裹散落在地，全是各种女人喜欢的小玩意儿。

"啊！"女人的哭声划破了安静的蓬瀛岛，两个黑衣人还来不及点算那些如珠似玉的花儿，就被不知道从哪里冒出的白发老妪用花枝花藤绊倒，紧紧地勒住了脖子。

都说蓬瀛岛上有个可怕的老妇，能用武术杀人，看来就是她了。

蓬瀛岛上的哭声，从那天起，幽幽又响了一个月才淡淡地散去，不过没关系，这里也没人来，更没有人听到，除了那个见风就长的小姑娘，以及一个垂垂暮年的老妪。

于是蓬瀛岛上关于如意珠花的传说，又告一段落。

如意珠花：生于蓬瀛岛，需真情灌溉方能开花，花谢后成玉石状态，情不尽，花不落。

本不老不死，但若真心被背叛，凋于朝夕之间。

应小苔笔记

首先我得说明，这世上肯定没有如意珠花这种花。

如果有，她们一定很珍贵，一定在一个很神奇的地方，一定是被百花簇拥着生活。

当然，在我的世界里，她们都有自己的生命、感情。

然而她们世代相传，温柔聪慧。天下总有很多很多的人想要找到她们，得到她们，并占有她们。

然而并不是所有的男人都能将她们细心呵护，精心培养。

然而她们也并不会像一般庸俗的花朵那样，默默甘于一生，得不到想要的，宁愿凋谢，也不肯委屈。

然而这是命，也是一份倔强。

镜花物语

鱼说

你若是愿意嫁给我，那鱼儿就是你的了。

❀七月❀

热了很久的七月，终于下了一场暴雨，将滚烫的大地冷却了下来。醉兴客栈后面的小院子中，有一个不算大的池塘，四周似乎收拾得也算整洁，夕阳照在水面上，激起一层金色的涟漪。却不知道为什么，小院子的门被两道铁门关着，挂着一把亮澄澄的大锁，连四周的围墙，都有两人多高。

一个穿着碧色裙子的女子站在铁门外面，将手中一碟碎莲子抛到池水中，然后水面上立刻跃起了一条鱼儿，不知道是夕阳的缘故还是别的什么，那条鱼儿看起来身上一溜细鳞仿佛是透明的，却泛着金色的光。

鱼儿一口吞下一颗碎莲子，然后在空中划过一个好看的弧线，转身跃入水中，在水面上溅起一串水珠，仿佛是珍珠般，打落在水面上。

"幸玟……"

女子双手抓紧了铁栅栏，眼中竟然闪烁着泪水。

"碧漾，碧漾……"一个男人从院子中小跑而来，"碧漾你怎么又跑到这个小院子中来了，不是说过我会照顾好这鱼儿的吗，你不用特地过来看的。"

"可是，你答应过我的，我嫁给你以后，你就会还给我的哦……"女子嘀咕着，用力地摇着栏杆。似乎是习惯了这种场面，男人连哄带骗地将她拉离那扇大门，一边用手替她揉着太阳穴。

"走吧走吧，这里风大了。"

"可是……你答应过我的……"两人走了很远了，还能听到女人的声音，那条鱼儿又从池中跃出来，映着夕阳，一次又一次跃得更高。

"怎么又让夫人去池塘那边了？"几个丫头一排站在大厅前，李玄堂将女子扶到堂前的椅子上，看起来火大得很，"不是给你们说过很多次了嘛，不能让她去池塘那边吹风的。"

丫头们连大气也不敢出。

"来，喝口茶吧。"然而转身过去，李玄堂又变得温柔起来，他端了一杯茶，递到女人的面前，"身子弱是不能吹风的，喝口茶会好一点儿的。"

女人伸出双手来，却没有接那只茶杯，只是握住了李玄堂的双手，一双含泪的大眼睛望着眼前的男人。

"你答应过我的哦。"她的手因为用力而发白，似乎只会说这样一句话，女子不断地重复着，声音也有些发颤，"你答应过我的哦玄堂……"

"是啦是啦，你看你不是生病了吗？"李玄堂倒是很有耐心，"跟我进屋子里去吧，等你的病好了，我们就去咯。"

等到两人的身影消失在里间，几个被骂的丫头才战战兢兢地退出大厅去，拍着胸口松气。

"夫人又犯病了。"一个丫头小心地往里面看了看，然后说。

"是啊是啊。"另一个丫头急忙接嘴，"你看老爷对她多好哇，真是一点儿也没有不耐烦。"

"可是夫人怎么老是喜欢去看那鱼儿啊，真有那么稀罕吗？"

"可不就是条鱼儿嘛！"最边上那个穿绿衣的丫头压低了声音，"粉儿姐在这里做得最久了，让粉儿姐给我们讲讲吧。"

穿粉色衣服的丫头本来一声不吭的，看到大家期待的目光，便也开口了。

"那是一年前的事情了。"她说。

❖碧漾❖

一年前的夏天，也是热得不得了的。

七月的夏日，一热起来，确实是有要燃烧掉的感觉，晒得地面都裂开了以后，终于盼来了一场彻彻底底的大雨，雨点足足有铜钱那么大小，乱七八糟地砸在地面上。初是一阵尘土飞扬，然后地面腾起一股热气，这热了大半月浮躁的空气，终于凉了下来。

一个女人撑着伞，在街道上慢慢地走着，似乎大雨并不能拖延她的脚步，她碧色的裙摆在尘土飞扬的地面上飘过，一边往街角走去。

临街有栋两层的小楼，一层是酒馆，二层是客栈，本来生意蛮好的，这一场忽然下起的大雨，喝酒的客人们都急忙匆匆地结账走人，一闹一散的，就只剩下几个零星的住在这二楼的客人还在慢悠悠地小酌。

"哎，这位客官，您瞧这雨正大呢，干脆再喝两杯，等雨停了再走吧。"

李玄堂站在门口，见客人们实在是拦不住了，想来这热了十天半个月的也确实该下一场暴雨了，反正也不会有客人再上门，干脆唤来伙计关了店门，也省得雨水飘进来淋湿了这刚做的桌椅板凳。

"等等。"

几个伙计刚要合上最后一块门板，却猛然听到一个娇滴滴的声音，一个撑伞的女人不知什么时候站在了屋檐下。

"这位客官，您是住店啊，还是喝酒？"

门外雨下得正响亮，听到模模糊糊说话的声音，李玄堂从柜台里面抻长了脖子往外看，只看到一把淡绿色的油纸伞，上面画了几条戏水的鱼儿，女人的脸和身子全部隐藏在后面，完全地遮盖严实了。

"请问，这个店子的掌柜可是姓李？"女人伸出一只手抵住了木板门，将油纸伞收了起来。

"哦，掌柜在里面呢，姑娘先进来吧。"听说是找掌柜的，伙计的声音立马客气了三分，一侧身让女人进来了。

李玄堂看到拿伞的女子不过二十左右的光景，穿了碧色的长裙，一朵莲花从前襟拉到了裙尾，外面铜钱大小的雨粒，硬是没能打湿她碧色的裙摆和绣了荷叶花边的绣花鞋，一双大眼睛仿佛是刚刚哭过，水汪汪的，让人怜悯。

女子施施然走进来，对他一笑。

"您可是李掌柜？"

直到女子出声打招呼，李掌柜才猛地回过神来，红了脸，这样子盯着一个女人家看确实不怎么好。

"……正是，在下正是这小店的掌柜，不知道姑娘有何吩咐？"李玄堂连连作揖，并且从柜台后面走了出来。

其实这个李掌柜，也不过三十开外的年纪，穿了一身整齐的袍子，这小店是他祖上留下的，本来李秀才是不屑当一个酒馆老板的，可是折腾了十多年也没能捞到半点儿功名，倒是这酒馆的生意也不差，虽然谈不上是日进斗金，却也是客似云来，几番算下来，是要比当一个秀才划得来。

女子将那把湿漉漉的伞靠在桌边上，脸上隐约有了丝笑容。

"那可就对了，我打听了好一阵，才问到这里来的，敢问李掌柜，前些日子可是捉到了一条金色的鱼儿？"说话间，女子脸上满是急切的神情。

"你说那鱼儿？原来姑娘也是为了这个东西来的。"

李玄堂皱了皱眉头，那条鱼儿是偶然间在城外一个水塘中找到的，因为实在是长得讨人喜爱，所以便带回了家中养，可是自从那个时候开始，每日为了它而找上门来的人，确实不在少数。

只是没有想到这个如此斯文美丽的女孩子，也是为了这个东西而来。

"姑娘既然能打听到这里，那么也应该知道，这条鱼儿我是断然不会让给别人的。"很肯定地，李掌柜摆了摆手。

"嘿嘿！"几个看热闹的伙计挤了过来，"这位姑娘不知道带了多少银子来？"

"银子？"女子有些愣愣的，"那是什么？我没有。"

"没有？"一个伙计基本上笑翻了，"前些日子有个大爷带了百两黄金上门来，也不曾见掌柜动心呢。"

"那你打算用什么东西来交换那条鱼儿呢？"一个伙计一本正经地问道。

"用什么东西交换？"女子抬起头来，"你们想要什么东西才肯换？"

◆幸玥◆

"那条鱼儿真的那么稀奇吗？"绿衣服的丫头挤了上来，"粉儿姐你一直没有说那条鱼儿到底有什么稀奇的，夫人突然一直念念不忘。"

"对啊对啊，我们都没有见过的。"

"确实很稀奇。"粉儿继续讲起来，"那是老爷去年夏天在城外一个废弃的水塘中发现的，我也只见过一次，看起来仿佛是透明的，却泛着金色的光，一双眼珠子却是红色的，头上还长了一对似角非角的东西，但是却非鲤鱼也非别的什么已知的种类，总之是稀奇得很。"

自从那条鱼儿养在池塘中，李玄堂那小店的生意就忽然火上浇油般好起来，他认为那是个好兆头，于是就特别给别院加了一把锁，把那神奇的鱼儿锁了起来，只是不知道消息被哪个多嘴的伙计给透露了出去，越传越玄，甚至说吃了这个鱼肉还可以消百病，永葆青春呢，所以打着这鱼儿主意的人便蜂拥找上门来了。

"夫人就是这样嫁进来的。"粉儿讲到这里，叹了口气。

"那可真的是有点儿稀奇了，难怪老爷要把那个小院子给锁起来。"绿衣服的丫头笑着说，"是怕夫人带了那鱼儿煮了吃了吧。"

"然后呢粉儿姐？"小丫头们又要粉儿继续讲下去。

"然后，然后夫人就嫁了进来，老爷就请了你们几个回来。"粉儿说着，一边将袖子挽了起来，"我要去干活了，你们几个的事情做完了吗？"

几个丫头嘻嘻哈哈地散开了，粉儿独自把桌上几个碟子碗收拾了，下了雨的夏日，也是很凉爽的，她记得去年的那天，暴雨可是一直下到了半夜。

外面的雨还在下，看样子，是要把这片炙热的土地彻底地浇透才肯罢休了。

"这位小姐，你怎么还没有走啊？"一个伙计出门倒水，看到那个女子居然还站在门口，有些大吃一惊，"夜里会很冷的，再不回去，家人会担心的。"

碧漾坚持站在那滴水的屋檐下，撑着那把绿色的油纸伞，一直不肯离去。大雨一直下到了天黑，她在门口被冻得瑟瑟发抖，雨水顺着砖缝流到屋檐下，却硬是没能打湿她的绣花鞋。

"我没有家。"她说，"你们掌柜的要怎么才会答应把那鱼儿给我？"女子刚弱弱地说完，居然就直直跌了下去。

"哎呀，掌柜的，出事了出事了……"伙计被吓坏了，大叫了起来。

因为淋了雨又一天没有吃过东西，女子的身体似乎差得很，她躺在床上，睫毛覆盖了那双水汪汪的眼睛，肤色几乎白得透明，似乎是因为穿了碧色裙子的缘故，甚至还有些微微泛着绿光。

李掌柜看得几乎有些发呆了。

他不明白这个女子为什么那么执着地想要那鱼儿，那些带着大把银子来的老板，也不曾这样固执过。

"我想到了，你若是愿意嫁给我，"等女子从昏睡中醒来后，他握紧了那双冰凉的手，"那鱼儿就是你的了。"

新娘的红轿子，很快就抬进了李家的大院。

那个时候夏天刚刚过去，听说新娘子长得水灵灵的，似乎是外来人，并不知道是哪里的闺女。

街坊们津津乐道地说着李家的这个新娘子，一不留神，又是夏天，一年时光，就那么快过去了。

醉兴楼的生意还是那么好，那条稀奇的鱼儿依然还是养在李家的小院子。

"好点儿了吗？"看着床上的女子清醒过来，李玄堂很是兴奋，他将一个枕头塞在女子的后背，将她垫高了些，"刚才我请大夫来看过你了，大夫说，大夫说……"

"玄堂……"女子却打断了他的话，"我嫁给你已经一年了，你什么时候才肯把它还给我？"

"现在它不是已经属于你了吗？"床前的男人笑了笑，"你嫁给了我，这个家的东西不都是你的了？"

"你知道我说的不是这个意思……"

"你说你爹生病了需要这条鱼儿是吧，可是我去你说的那个乡下打听过了，根本就没你说的那户人家。"李玄堂的语气听起来似乎并不在意这个事情，然后将语气一转，"可是你不想知道大夫说了什么吗？他说你怀孕了。"

夜已经有点儿深了，夏日的夜晚月亮总是亮得很，照得小院子明晃晃的，即使隔着铁门，也能看见一条泛着金光的鱼儿从不算大的池水中跃了起来，在月光下划过一条美丽的弧线。

穿着碧色衣衫的女子跪在铁门下面，似乎是因为月光的缘故，她的身体看起来透明且泛着绿光。

"幸玳……"低声地，她对着那个池塘喊。

鱼儿似乎在回应着她，从水下跃出来，跃得更高。

"幸玳……对不起，我怀孕了，是……那个人的孩子。"

鱼儿在水面上猛地一击，水花溅得老高，但是鱼身却仿佛没有力气般沉入了水底，然后就再也不见出现了，水面安安静静的，仿佛睡熟了一般。

"幸玳……"女人的脸上不知道什么时候挂满了泪水，"不要不理我……我知道我对不起你，可是不管怎么样，我一定会央求他放了你的……"

水面依然很平静，池塘并不大，鱼儿不知道游到哪堆水草下面躲了起来，影子也见不到了。

"幸玳……"泪水从女子的脸颊滑下，落在草地上，跟晶莹的珍珠一样，她用力抓紧了铁栅栏使自己站了起来，"明天，明天我就去求他，你放心好了，即使拼了我的命，也会救你出去的……"

女子毅然转身往屋子里走去，单薄的背影在月光下闪着淡绿色的光。

等她走得远了，鱼儿却又从水中跃了出来，而且一次比一次跃得更高，似乎是在留恋女子的背影，久久不肯落下。

◈赴汤蹈火◈

"玄堂，你回来了。"

李掌柜这天的心情特别好，听说是因为夫人有喜了，不仅全部客人的酒钱都打了折扣，还免费赠送一小碟糕点。太阳才刚刚落下，他就急急忙忙地关了门回了后院去，一进门，就看到绿裙子的碧漾站在厅中等他。

"怎么不坐着，站着的话很累的。"他急忙上前将女子扶到铺了软垫的椅子上。

镜花物语

"玄堂，我想给你说个事情。"女子咬紧了嘴唇，抬起头来望着他。

"什么，有什么要求我都满足你，只要你给我生个胖小子。"李玄堂乐得有点儿合不拢嘴巴，也不问什么条件，笑嘻嘻地一口答应下来。

"把那鱼儿给我。已经一年了，"碧漾的声音很肯定，"你若是再骗我，我定然不会给你生下这个孩子。"

"你说那鱼儿？"男人的声音提高了一个分贝，接着大笑了起来，"本来心想今天不管你提出什么要求我都满足你的，可是——可是——"

"可是怎么？"碧漾也把声音提得高了，"你不会还要找借口吧。"

"当然不是。"李玄堂的声音依然透着兴奋，"刚刚我已经吩咐厨房把那鱼儿熬汤了，大夫说你身子弱得很，不好好补一下怎么给我生个儿子啊，你不是老早就想要了嘛，大家都说那个鱼儿吃了一定能……"

"什么！你——你居然把——"

"啪！"

厨房的门被使劲儿推开的时候，粉儿正按照老爷的要求，把那尾鱼儿洗干净了熬成汤，可是也奇怪了，这鱼儿腮帮子上不知道卡了一根什么东西，硬硬的，还带着尖儿，鳞片也硬得像石头一般，硬是刮不下来，在菜板上挨了好几锅铲也不肯安分下来，一直不断地挣扎。

"真是可惜了，只能先煮软再收拾了。"粉儿摇着头，"鳞片挺漂亮的，说不定还能卖个好价钱。"

鱼儿在锅中又挣扎了好一会儿，才慢慢地安静了下来，粉儿刚松了一口气，打算去切药材，碧漾就那样急匆匆地冲了进来。

"夫人，您来厨房做什么，做好了我会给您送到房间里去的。"粉儿吃了一惊，她看到女子的脸上早没了血色，冷幽幽地泛着青光。

"幸玳呢，幸玳在哪里？"她抓紧了丫头的手，指甲都陷到肉里面去了。

"什么幸玳——夫人，夫人您抓痛我了，你是说那鱼儿吗？已经在锅中了。"粉儿用力地甩开那双冰冷的手，"夫人您冷静一点儿。"

"在锅里——"女子低喃着重复了一遍，粉儿只觉得她像一阵风似的冲到锅台前，一挥手便掀翻了锅盖。

原先以为那鱼儿一定已经煮得发软了，谁知道一掀开，居然还从滚烫的水中跃了起来，跃得老高，在空中划出了一条弧线，然后重重地跌在地面上，再也不动了。

"幸玦……"碧漾一扑身从地上抱起那还冒着热气的鱼儿，紧紧地搂在怀中，"对不起，幸玦……"

粉儿想要上前去阻止，却被吓得不知道该怎么做了，她看到碧漾从鱼鳃上取出一枚长长的银鱼钩，怪不得啊，还差点儿划破了碧漾的指头。

"怪不得……"她听到女子低声嘀咕着，"原来是这根银针困住了你，要不然怎么会被那该死的李玄堂给关在水塘中，幸玦……当天你若不是为了我，也不会被这该死的钩子给钩住了，而我却没能救得了你……"

"碧漾……碧漾……"急匆匆跑进来的是李玄堂，他赶忙上前拉起坐在地上的碧漾，"你要做什么……抱着鱼儿干什么？"

"走开！"碧漾细小的身体中居然爆发出了那么尖厉的声音，她将那条鱼儿紧紧地抱在怀中，仿佛抱着情人一般，"都是你，我和幸玦在那山下泉水中生活得好好的，我们相爱那么多年了，我们都快要成仙了，是你，是你用银钩钓走了幸玦，是你！"

碧漾使劲儿地吼着，根本不给别人插嘴的机会，似乎要把身体里面那点儿仅存的力量用光。

"幸玦是为了救我才被你抓走的，若不是那银钩子，你怎么困得住他，你说我嫁给你你就把他还给我，可是……可是……"

女子的肤色在灶火前忽然变得绿幽幽的，似乎还有些透明。她咬紧了自己的嘴唇。然后粉儿觉得自己看到了这辈子最稀罕的事情，夫人一把推开了抓着她的老爷，然后就抱着那死鱼儿往灶中一跳——那么大个人，就忽然不见了，剩下吓得惊叫的她和不知所措的李玄堂。

"救命啊，救命啊……夫人跳进灶火里面去了……啊……"本能地，粉儿大声叫起来，然后慌乱地端起水瓢就往灶中泼水，可是那么小的灶，哪里会装得下一个人？

等大家赶来七手八脚地熄灭了灶火，李玄堂早就吓得腿软在一边动也动不了，大家拔出了炉灰——哪里还有夫人的影子？

七八个丫头唠唠叨叨地硬是说粉儿花了眼睛，灶中除了炉灰和两条烧得漆黑的鱼，还拔出了一些没有烧尽的衣衫，哪里有人的影子，虽然丫头们认得那确实是夫人今天穿的绿裙子。

❖鱼❖

李家很快就散了。

据说李夫人是得暴病死去了，李老爷就伤心过度再也没有心情打理生意了。外面都是这样传的。李夫人也没有什么亲人，自然也就无人追究，李老爷卖了铺子遣散了家仆，也很快不知道去了哪里，可那铺子的生意越做越不好，没过几年破产了好几个老板，居然也就荒废了下来。

倒是粉儿，听说有人看见她在城外的一座尼姑庵中做了出家人。

那尼姑庵本生已经废弃了，屋后有一口多年不用的池塘，山边有山泉流下来，里面倒是一直有些小鱼虾什么的出现，确实再也没有出现过浑身透明的金色鱼儿，或是绿色的鱼儿。

可是多年后那里的老师太依然说她真的见过那种美丽的鱼儿，她还说，只要再等些日子，那口水塘中一定还会出现那样美丽的鱼儿。

但是还要等多少日子，她没有说，也没有人知道。

应小苔笔记

你能为你所爱的人最大程度做到什么？

古时候有赴汤蹈火一说，那是仗义的、可歌可泣的，但是若放在现在，就一定会被人嘲笑看不开，傻。

可是总会有那么几个傻姑娘会不顾一切地付出，因为爱情。

我只是希望每个用尽生命去付出的姑娘，都得到应有的回报，因为爱情。

YINGXIAOTAIBIJI

红裙子

夫人若是哪天无聊得紧了，可以试试数那图里有多少个人儿，
或许有什么意外的惊喜，只是——千万不要数错了。

◆卷轴◆

一抹红色的衣裙，明明确确的红色。

沈小衣在那张图中，清清楚楚地看到一抹红衣裙。

图是黑白分明的，黑是上好的墨汁干了留下的，白是腥臭的羊皮发黄
的白，摊开约有长三尺，宽一尺的卷轴。虽然有些年代了，羊皮却很顽皮
地散发着脏臭。

"夫人，看看这张图吧。"

听到别人喊夫人，沈小衣依旧很不自然，虽然她已三十出头，名义上
也是宋家媳妇，却没有人真正将她当作宋夫人。

"什么腥臭的东西。"沈小衣皱了眉头，用衣袖遮了口鼻。她正提着
一只竹篮，打算买些便宜的柴米，回家凑合着吃一顿。

"夫人，夫人，看看吧，看看。"拿着发臭羊皮卷的是一个七分像鬼
三分像人的乞丐，像个饿死鬼，紧追不舍。

这也不奇怪，宋辽大战，民不聊生，像沈小衣这种能买米买盐的，也
算是富裕的人家了，一般的人，早就不知道饿死多少次了。

可那男人非要将那发臭的卷轴展开，现出一张怪怪的图。

镜花物语

沈小衣从没看过这么奇怪的图，一张不大的羊皮轴，硬是挤得不像话地画满了人儿，各种各样的人儿，每个约比小孩儿的巴掌小些，在摆着各种不同的姿势。

刚好正中有个穿着裙子的女人，正握着一颗红色的东西，将桃子样的物体，托在掌上，脸上不知道是什么样子的表情。

"走开走开！"沈小衣吓得心脏无比收缩，厌恶地伸手，将那画连人推倒在地。

"呵呵。"那人却并不恼，"不过是一个被挖了心的女人罢了，因为生前不贞洁，夫人又何须害怕呢？"

"简直是胡言乱语！"沈小衣却是很生气，她一脚踹开那张腥臭的图，要离开。

可是她走不动了，刚刚，似乎有看到什么。

沈小衣忍不住打了个冷战，她缓缓地回过头来，看那张图。

乞丐还在地上坐着，似笑非笑地看着她。

一抹红色的衣裙，红得明明确确。

"嘿嘿嘿嘿……"

沈小衣听到一连串怪笑。

即使被折磨得面目全非，即使是黑白分明的图，但她却能非常肯定，那个女人穿了红衣裙。

"这个，怎么卖？"她忽然蹲下了身子，问那乞丐。

"一壶好酒。"

"什么？"

"一壶好酒，夫人。"

沈小衣完全不明白自己遇到了什么事情，掏出身上所有的钱，买了一壶好酒。一壶对普通人家来说很奢侈的好酒，同那半鬼半人的乞丐交换了发臭的羊皮卷。

"夫人若是哪天无聊得紧了,可以试试数那图里有多少个人儿,或许有什么意外的惊喜,只是——"他拉长了声音,"千万不要数错了。"

沈小衣晃晃头,也不知道是听明白了还是没听明白,她只是晃头,晃晃,那个饿鬼样的乞丐就没了踪影。

倒是菜篮子还空空如也,钱袋也空空如也,醒目地提醒着她。

❧红裙❧

有的时候人就是那么奇怪,为了一些奇奇怪怪的念头,做一些不可思议的事情。

明明知道钱是用来买米打油的,是维持两个人温饱的,但还是去换了莫名其妙的羊皮卷。

"你这个贱人又跑到哪儿去了?"

沈小衣是傍晚时分回到那破落的院子的,宋家也曾经是大户,房子虽然破旧不堪倒还宽大且遮风避雨。

不过刚踏进屋子,就被当头喝骂。

沈小衣的婆婆虽瞎了双眼,耳朵却灵敏得很,一张嘴巴更是不饶人得厉害。

"媳妇这就去做饭。"沈小衣连忙答应。

虽然是回来得晚了些,但该买的东西却是一样都没少,柴米油盐,又能维持几天不断口粮。

"媳妇,你还知道你是宋家的媳妇,放着我这老婆子不管去了哪儿?到底是没有拜堂的媳妇,怎么也留不住的吗?"

"婆婆,回来晚了是媳妇不对,还是请婆婆到屋子里休息吧,媳妇做好了饭,会送来请婆婆吃的。"

听着老人的脚步离去,沈小衣叹了一口气,急忙向灶里添了一把火,又向锅里加了一瓢水。

借着火光，她又打开了那张腥臭的羊皮。

那人怎么说来着，因为生前不贞洁是吧，还有什么，数清了数目会有意外的惊喜？

然而沈小衣只是想再看看那个穿红衣裙的女子，因为生前不贞洁受到酷刑也是没有办法的事，或许会有什么苦衷吧，一个人若是活着的时候事都做不好，又哪有心思去顾及死后的事情呢。

很多女人，选择了这么做，怕也是无奈得很吧。

沈小衣是自小和宋家的儿子定亲了的，然而未等她过门，一场战争将他拉上了战场，然后就再没有音讯。

然而她还是按婚约嫁到了宋家，一心一意伺候婆婆，等待丈夫的归来。宋王朝虽然是摇摇欲坠的，可是那些约束女人的条款，却是半点儿没荒废。

娘家的人早死光了，因为战乱，唯一的弟弟也失去了联系，一样的生死未卜，沈小衣现在名义上的亲人，就是她瞎了眼的婆婆。

虽然她是宋家的媳妇，可是毕竟没有与宋家儿子拜天地、拜父母，所以从某种意义上来说，沈小衣还是个姑娘，充其量也是宋家未过门的媳妇。

散发着腥臭的羊皮卷裹起来，也占不了多大的空间，只是上面千奇百怪的人儿实在是令人有些……恶心，她看到有乱七八糟将自己整个抱起来的，也有拿着不知道什么东西正往嘴里塞的，还有将自己装在一个奇怪的器具中，收缩成一团的。

到底有多少个……看样子是百来个吧。

◈幻觉◈

不知道为什么，沈小衣忽然很想数数那人儿的数量，若是真要有什么惊喜的话，自己最大的惊喜，是承郎回家来，让自己不用那么受苦了。

"一，二，三……"人儿总是密密麻麻地挤在一起，看得清这个，就忽略了那个，等到沈小衣觉得数到差不多的时候，刚好点到一零一。

"原来是一百零一个人儿……"话音未落，只觉得一阵寒风吹到屋子中，冷得人一哆嗦，仿佛在背心中浇了冷水。

"姐姐，姐姐，饭做好了吗？"屋子外传来一个熟悉的声音，"我来看看有些什么好吃的。"

来不及等沈小衣抬起头来，厨房的门忽然被推开，走进来一个不过十五六岁的少年，穿着青色的书生衫，左手还捏着一本书。

"你是谁？"沈小衣只觉得头昏目眩，完全不知道发生了什么。

"你在说什么啊姐姐，我是小凡啊。"少年有些嬉皮笑脸的，自顾自地揭开蒸笼，"哇，果然是我最喜欢的鸭子。"

这确实是弟弟没错，沈小衣忽然松了口气，除了弟弟，谁还能如此喜欢吃清蒸的鸭子，还老是溜到厨房偷食。

"真没规矩。"虽然带着笑容，沈小衣还是忍不住伸手抢下少年手中的筷子，"你就不能等到上桌再吃啊？"

"姐姐……"少年忽然用手捂住了脸，身子也蹲了下去，"我不想去参军，我怕……"几滴鲜红的血液，从少年的指尖滴下，很快就在地上淌了一摊。

"小凡，小凡……"沈小衣慌了，乱抓了几下，却发现抓不到任何东西。

"啪啪！"过道上忽然传来竹杖点地的声音。

是婆婆来了，可是饭还没做好，沈小衣一激灵，忽然一伸手，发现自己捏着羊皮卷，不知道什么时候靠在灶台睡着了，锅子里静静煮着青菜和米饭，没有鸭子，也没有穿青衣的少年，但是梦中的那个感觉，却仿佛是弟弟当真在身边一般。

算起来，弟弟也很久没有消息了，也不知道是生是死，他也还只是个孩子。

"小衣啊，刚才是婆婆不好，不该骂你的，婆婆也知道，你为了这个家也够辛苦了，你看，承郎不在家……这，好在还有点儿首饰可以当……"

这该死的羊皮卷，她连忙将那东西顺手一卷，放到了柴垛中。

"婆婆您在说什么呢。"沈小衣打断她的话，"承郎不在家，媳妇自当尽心照顾婆婆。"

"小衣啊，要是承郎真的回不来了，你也不用管我这个半条腿迈进棺材的老太婆了，趁你还年轻，重新找户人家嫁了吧。"老人蹒跚地走来，扶着灰墙，挨着沈小衣在灶前坐下。

然而半天，沈小衣也没有开口讲话，屋子里面静悄悄的，只听到柴禾噼啪燃烧的声音，火光闪烁着，照在沈小衣精致的脸上。

幸而婆婆是个瞎子，看不到她腮上的泪珠。

哪里还有可以当的首饰，即使宋家曾经是大户，但现在这个年月，什么珠宝，也当不到个好价钱，宋家的那些金银细软，早就换了个低价，进了婆媳俩的肚子。

这些事情，瞎了眼睛的婆婆，又怎么知道，她沈小衣，再怎么，也放心不下年迈的婆婆，独自一个人离开。

更何况，她的承郎，又怎么会不回来。

可是即使承郎回来了，又未必是很完美的事情，有些事情一旦发生了，是怎么也改变不了的。

"婆婆，吃饭吧，媳妇扶你到桌子边去。"好不容易安抚好了情绪，沈小衣努力让自己的声音听起来很正常。

◈糜香◈

一盏忽明忽暗的灯，火光微弱，一只香炉散发着糜烂的香味。软榻上乱七八糟堆满了衣衫，尤其是一件红裙子，斜斜地挂在床边，红得醒目、刺眼，一只雪白的手臂就搭在红衫上，顺着看到一张妆容凌乱的脸，女子虽然不是很年轻了，却是异常美丽，发丝搭在额前，嘴唇微微张开，性感又妖媚。

然而女子身边却躺着一个满脸横肉的老头儿，一脸油脂，没有一点儿红光。

"梆梆！"

屋外有更夫打更的声音："天干物燥，小心火烛，三更了，三更了。"

床上的女人动了动眼帘，一双细长的单凤眼左右看了看，看到身边的老男人，顿时露出厌恶的表情，却是一瞬间，脸上又换了谄媚的表情，伸手推了推老头儿。

"刘爷，三更天了，你该回去了。"女人一边说一边起身穿上了自己的衣服。

然而，老头儿只是哼哼了两声，转身又继续睡觉。

女人更加厌恶地皱了皱眉，快速穿好自己的红衫子，简单地将长发绾成一个髻，便轻轻地掩上门出去了。

"啊，红姑娘今天这么早就要走啊？"刚穿过走廊，迎面遇到一个浓状艳抹的老女人，摇着手中的红帕子，一身呛人的胭脂味。

"请老板行个方便吧，已经三更，再不回去就晚了。"女人说，语气很沉静，看起来并不像个不稳重的人。

"走吧，走吧。"老女人摇摇头，将一个小锦囊塞给她，自己摇动着肥大的屁股，又一摇一摇地向走廊的另一头走去。

初春的深夜，寒意还很浓，女人紧了紧身上红裙子的领口，低着头，顺着街边屋沿，急匆匆地走着。

好在街上已经没有什么行人了。

女人推开手掌，看了看锦囊，她欣慰地笑了笑，又加快了脚步。

❀梦呓❀

沈小衣醒来的时候天早已亮了，婆婆早就起了，她觉得自己一身的骨头都酸了，仿佛一夜不曾睡似的，可是明明，明明昨晚还睡得很早，乱七八糟不知道梦了些什么，仿佛历历在目，但是一睁眼又都忘记了。

匆忙而又小心地，她伸手摸了摸床头那个小罐子，里面叮叮当当的，似乎有几颗很小的碎银子，忽然就安心下来了，暂时还饿不死。

也许她从来不曾想过，为什么那个罐子中总有那么些碎银子，为什么总是睡不醒，也许是白日里确实太累了，也许只是不愿意想罢了。

很多事情，如果忘记能快乐些，就不要记得好了。

沈小衣慢慢地穿衣起身来，摸进了厨房，灶前还有些残火，早上用过的碗筷已经清洗干净放好了。

"婆婆也真是的，明明眼睛不好，还洗什么碗。"沈小衣一边抱怨，一边拨了拨灶火，她想暖暖身子，再烧点儿热水来洗洗。

可是一抽柴火，那羊皮卷就掉出来了，沈小衣立刻就闻到了那股羊皮的腥味。

那个红裙的女人。

灶里的火光刚好映在摊开的羊皮卷上，沈小衣清晰地看到那女人的红裙，以及那颗桃子样的心。

她的手抖了抖，但还是把小铜壶稳稳地放在灶上。

是什么样的心情，为什么，自己就能知道那女人穿了红衣裙，而且，还那么强烈地想要看到她的脸。

可是她披散的长发和斑斑的血迹，还有不知名的液体混合着，沾满了那张本该清晰的脸。

看不清，怎么都看不清那张脸。

沈小衣有种要疯狂的感觉，她想要知道，那女人的脸，是不是和自己长得一样。

"承郎，你什么时候回来……"蓦然，她觉得心中一阵又一阵地委屈，眼泪不受控制地滑落下来。

宋辽大战，打了那么多年，双方各有胜败，可受到伤害的，都是像这样的百姓人家，将军有盔甲护身，死了有名冢千秋万代地记着，然而那些士兵，在战场上像潮水般死去，他们一样是别人的丈夫、别人的儿子，却是生死未卜，且死在不知什么地方，连尸首都找不到。

将军的妻子和士兵的妻子，面对丧夫之痛，都是一样悲愤。

"承郎……快些回来吧……"沈小衣靠在自己的膝头，护着双腿小声地哭，都那么多年了，为什么会一点儿消息都没有？

泪水沾湿了手中的羊皮卷，墨迹却没有散开来。

那个人怎么说来着？数清图上的数目，就有意想不到的惊喜。

——会有什么样的惊喜，在这样的家中。

灶火虽不算亮，却足够看清羊皮卷了。

——数了，会有什么？

沈小衣确认了三次，一共一百零四个，绝对没有错。

水壶里的水已经开了有一会儿了，沈小衣怀着忐忑不安的心情向外面看了看，依旧是除了寒风便是灰色的天空。

沈小衣有些失望，却反而轻松了一下，前天发生的事情，果然只是梦呓罢了。

并没有什么惊喜什么意想不到的事情发生，然而人却是感觉轻松了些，于是她又把羊皮卷裹好，重新塞进了柴禾之中。

"若是承郎回来了，我希望他第一个看到的就是我，而且是我最美好的时刻。"

一个女人的愿望，有的时候就这么简单。

◈愿望◈

穿着红衣的女人，又敲响了街角的一扇小门。

夜已经有点儿深了，寒风阵阵的，女人却只穿着单薄的红裙，这显然是一栋大房子的后门，开门的是一个小个子的男人，肩上搭着毛巾，像个跑堂的小二。

男人一看是她，两人都没有说什么，女人便直接闪了进去。

"老板娘说了，今天要接个重要的客人，所以，让你去。"

宋朝是个对女人要求很高的王朝，女人若是出轨，是会受到很严厉的惩罚的，女子甚至不能同陌生的男子说话。若是不幸沦为风尘女子，更是要受千夫所指的。

红衣的女人沿着走廊，又遇到了那个浓妆艳抹的老女人。

"这位客人不喜欢我们这儿的姑娘，说是风尘味太重了，所以我让小六子去找你来。"

叫小六子的男人点头哈腰地站在老女人的身后。

"这次你做得好，我会付给你双倍的价钱。"

然而女人却皱了皱眉，仿佛不太情愿："不是说好了吗，什么时候来由我自己决定。"

"你是想知道些什么消息吧，这个大爷可是从前线回来的，要是把他哄得好了，说不定能告诉你什么。"老女人一边说一边摇着手中的手帕，刺鼻的香味便到处飞着，"更何况，你要老娘给你行方便，你就要听老娘的话，你需要钱吧。"

女人于是沉默了，径直走到右边的房间——她经常使用的那间。

红衣的女人伸手用小指沾了些脂粉抹在眼角下，铜镜中，她有一张好看的脸，虽然不是青春少女，却有着成熟的味道。

等了多少年了，终于有些消息了。

镇上来了一个从战线上撤下来的男人，似乎还是个官，向他打听打听，也许，会有什么好消息。

十年的等待，女人摸了摸自己的脸，已经有些隐藏的皱纹了，十指也因为长期和锅底碗边摩擦，变得粗糙。

她想起自己的少女时代，所有的亲人都还在的时候，偶尔和青梅竹马的未婚夫出去踏青，或者和弟弟斗斗嘴，也会开心得不得了。

可是一场战争，让她失去了所有，亲人和丈夫。

她恨这场战争，恨这个对女人太严格的王朝。

虽然没有了丈夫，她还是要嫁到夫家。为了养家，她一个女人，不得不忍受人们的流言与指戳，做一些艰难的事情。

从一个少女开始，逐渐到现在，终于有些线索了。

她有很强烈的感受，就是她一定会得到很有价值的消息。

"咚咚！"

有敲木窗的声音，将女人从沉思中唤醒。

"准备好了吗？"一个女人的声音。

"好了，带他进来吧。"

于是木廊上有沉重的脚步声，甚至有些杂碎，似乎不止一个人。

她看到出现了三个人影，一人推门进入，一人站在门口，另一人将门合拢后离去。

一个满脸络腮胡子的男人，粗手大脚，显得很粗糙。

这就是那个也许知道承郎下落的人。

只是也许。

事先老板确实有交代过，要问些什么，必先等客人醉了。

红衣的女人看着眼前的这个男人，并没有起身迎接，反而抚起了琴。

一个风尘女子，有太好的才华也是一种罪过。

她很专注地抚琴，连头都没有抬起，能看到的就是光洁的额头和柔顺的长发，以及红袖中，一双白皙细长的、抚琴的手。

一曲罢了，她才起身端上了一杯茶，并将男人的衣服接过来叠好放在枕头边。

他要的是没有风尘的女子。

"何处人氏，家中还有些什么人？"男人一边喝茶，一边问。

"本地人，家中有个年迈的婆婆，还有个上战场未归的弟弟和丈夫。"

"噢，是吗？"男人吹了吹茶沫子，"叫什么名字，或许我认识。"

女人愣了愣，她没有想到话题进展得那样快，脸急促地红了，寻思着。

"承郎，他叫宋承郎。"

"噗！"茶杯忽然掉到地上，滚烫的茶立刻泼上了男人的脚。

"嗯！"男人发出一个低沉的单音节。

大门被猛地踢开，一个人影飞快地冲进来，带着一股冰冷的剑气，直逼向红衣的女人。

"将军，没事吧？"来人声音有些沙哑。

"放下剑，宋承郎。"

❀承郎❀

沈小衣忽然想起，家里好像几天没有买过荤菜了，婆婆虽然没有说什么，可是老人家总得吃些有营养的东西，于是她摸索着，床头那个小罐子中却空空如也，不知道什么时候花得一个铜板也不剩了，她恍恍惚惚地在屋中烦躁地走来走去，不知道找什么东西或者是做什么事，一直到外面的阳光彻底消失到一点都不剩。

她的烦躁似乎随着阳光消失，忽然就安静了下来，然后从柜子的最底下翻出一条红色的长裙。

轻罗纱的材质，红得娇艳欲滴，尤其是穿在她的身上，完美得无法比拟。

此时的沈小衣仿佛是换了一个人，完全不是那个挎着篮子买米买菜的妇人了，而是一个妖艳的少妇。

"哎呀！"小心翼翼地，她推开门走了出去，尽管外面早是一片漆黑。

"咳咳……"东厢房的老人咳嗽了几声，似乎睡得不太安稳，但是翻了个身，又没声音了。

沈小衣摸了摸胸口，轻轻地松了口气，然后借着月光，慢慢地顺着小路走了出去。

"哎呀红姑娘，你可算是来了。"挥着手帕的老女人扭着身子走过来，"我还以为你发财了，不来了呢。"

外面是凄凄凉凉的秋风，边境上还在你死我活地打仗，这里却一直是莺歌燕舞，红粉佳人。

"自己去吧，老规矩。"老女人挥了挥手，沈小衣便沿着走廊默然无声地走了进去，右边那间，她经常使用的。

对了，是的，沈小衣想起来了，那个穿红裙子的女人，原来就是自己。

婆婆眼睛虽然看不见，却总是要吃喝，偶尔也会生病，看大夫抓药也需要银子，可是那样子的一个家，哪里还拿得出几个铜板来？

沦落到这烟花之地，也确实是没别的路可以选择了。

她看到了她等了十年的人，一身劲装，很是俊朗，十年的军旅生活让他变得坚毅、成熟。

"是你……"她说不出话来了。

拿剑的男人看了她几秒，那张天天思念的脸。

"沈小衣你个贱人！"

这是女人听到的最后几个字，然后眼前便是一片红雾，她看到那柄剑，深深地插进了自己的胸口。

对了，原来自己是沈小衣，是那个命苦的女人。

累了，真的累了。承郎回家了，自己就可以休息了。

"若是承郎回来了，我希望他第一个看到的就是我，而且是我最美丽的时刻。"

若一个人活着的时候都不好，哪有心思去顾及死后的事呢。

不过是一个被挖了心的女人罢了，因为前身不贞洁。

是你。贱人。

沈小衣看到眼前的人疾速地模糊，不过，那是承郎没错，于是，她努力地笑了笑。

算是最美的时刻吧。

那个红衣的女人，她知道，和自己的脸一样。

◈魂归◈

"这是什么东西？"

沈小衣的婆婆站在灶前，在柴垛中使劲儿地摸索，干枯的手和柴禾几乎混为一体，分辨不清，她一抽柴禾忽然摸到那个软软的东西。

是那卷腥臭的羊皮。

没有看过这么奇怪的图，一张不大的羊皮轴，硬是挤得不像话地画满了人儿，各种各样的人儿，每个约比小孩儿的巴掌小些，在摆着各种各样的姿势。

刚好正中有个穿着裙子的女人，正握着一颗红色的东西，将桃子样的物体，托在掌上，脸上不知道是什么样子的表情。

老人本来没有神采的眼睛，忽然有了一丝模糊的影像。

"让我老太婆瞧瞧，这是什么东西。"

原本混沌的眼中忽然有了影子，还似乎比平时看得更清楚一些，老人便凑在窗前想看清楚这个乱七八糟画着不知道是什么的东西。

"可以试试数那图，多少个人儿，或许有什么意外的惊喜，只是——千万不要数错了。"

仿佛有个声音在耳边低声地提醒。"一，二，三……"下意识地，老人便数了起来。

老人不明白自己为什么要这样做，回过神来的时候，已经数得差不多了，一百零二个小人儿。她叹了口气，数了又怎么样，既然儿子已经回来了，自己还有什么好盼的，想要回去原来的生活，那是不可能的吧。

"吱呀！"外面传来开门的声音，还有轻轻的脚步声。

一个人的眼睛若是不好了，耳朵就会特别灵敏，半夜里本来睡得就不踏实，又怎会不知道夜里沈小衣总是摸索着出去。

"婆婆，我回来了。"外面传来女子的轻声细语，"我这就去给你们做饭，你看，我买了承郎最喜欢吃的黄花鱼。"

"你……"老人有些怀疑自己的耳朵听错了，"你是谁，你不是……"

"我不是死了对吧。"女人的声音依然那么动听，"你知道我死了对吧，其实你巴不得我早些死了好对吧。"

"莫以为我眼瞎了，就什么都不知道……我什么都知道……"老人吓坏了，乱舞着手杖，"可惜你命不好，也怨不得我，承郎已经回来了，他不饶你，你那些银子……我们宋家竟然出了这么个……"

老太太没有光彩的眼睛里面，透露着无奈的神情："你叫我怎么能留着你……我们宋家我们宋家也是名门望族……"

"望族……"女子的声音继续飘散着，"望族又怎么样，还不是要我这个肮脏的人养活你，还是靠我，你才没有饿死……"

"走开，走开，你不能怪我的。"老人的声音透露着无奈，"承郎回来了，我的儿子回来了。"

❀尾声❀

"母亲，母亲。"似乎是有人在叫自己。

老人猛地一激灵，发现自己不知道什么时候靠在灶台上睡着了，手中握着不知道哪里来的羊皮卷。她急忙将那个腥臭的东西卷起来，塞到柴垛里面去——不知道为什么，她不想让儿子看到这个东西。

数清楚，就会有意外的惊喜是吧。

"——若是能够一家人一起生活，那是最好不过的吧。"她这样想。

有的时候，一个女人的愿望，也就是如此微薄。

一个连如此微薄愿望都不能满足的朝代，终将会逝去……

所幸的是，明天还会有新的朝阳。

应小苔笔记

　　此文写于高中，那段时间看《杨门女将》和《大宋提刑官》，觉得宋朝的女子特别可怜，战争中将门女子要保家卫国提刀上战场，普通闺秀还要遵守几乎苛刻的三贞九烈。

　　可是沈小衣该怎么办？她未过门却是宋家不能改变的妻子，丈夫被征上战场她就得承担起年老婆婆的生活，家里的柴米油盐件件都要摩擦这个姑娘的双手，可是兵荒马乱，靠什么换来大把的银子伺候挑剔的婆婆？

　　我不知道这个死结怎么解开。她做到了，也失败了，她奉养了婆婆，却遭到丈夫一剑毙命。

　　后面的剧情无法揣测，也再写不下去，太过现实，也太过无解。

　　只希望故事以外的世界都现世安好，永无战乱，女孩们都有人捧在手心，不再受着煎心的苦。

镜花物语

浮生若梦

FU
SHENG
RUO
MENG
PIAN

篇

恋人，产自西伯利亚，全身为蓝色，
常年生活在冰中，生性冷淡，喜欢人体温度，
若用体温化开，可成长为理想模样。

　　我巴不得把小时候所有关于玩具的故事都写出来。

　　我小时候有一个洋娃娃，五斗柜上有一只画着女人侧影的花瓶，隔壁卖皮鞋的店里，门口的地板就是仿制水纹的。

　　我说这些都真实发生过，你们都信吗？

　　也许生活看起来真的很平常，但是每个物体难道不是单独的自我？你能想的它也能想，你能做的……也许它做不到，但是如果真的赋予它们双手双脚和思想，你觉得会发生什么？

　　觉得不可思议对吧。

　　其实并不是。

　　不信你看，往下翻，你就知道了。

镜花物语

半根姻缘

有些事情，该剪断的时候就要当机立断。
该是新的，就要重新开始。

◈失恋◈

张茗茗失恋那天，是一个下雨的星期四。

所有讨厌的东西几乎都聚集到了一起，比如说绵绵的阴雨，讨厌的星期四，还有发现深爱的男人跟别的女人搂搂抱抱吃情侣套餐。

分手是必然的了。张茗茗算客气的了，没哭没闹，只是默默地把自己的东西收拾了一下，然后出去找房子了。

"姑娘啊，你在这里晃来晃去，也不怕淋雨感冒了？"

在绵绵细雨中走了老远，恍恍惚惚，忽然传来一个苍老的声音，接着一只满是皱纹的大手不知道从哪儿伸了出来，一把将小姑娘抓到了屋檐下。

茗茗吓了一跳，这才看清楚是个老太太，老得牙都没了，满头银丝。她另外一只手还抓着一只花样复杂的鞋垫，食指上戴着亮闪闪的顶针，绕着一圈线。

原来是个在街边卖手工鞋垫的老太太。

"哎呀，吓我一跳！"茗茗脱口而出，看清对方的老态龙钟后，又不好意思地笑了笑，毕竟人家也是好意。

"这雨马上就会很大，姑娘还是在这里躲一躲的好。"老太太慈眉善目的，她从身后拖出一个小板凳，递给了茗茗。

　　老太太话音刚落，那绵绵的细雨忽然变成豆大的颗粒，噼噼啪啪地砸下来。

　　初夏的天，就是这样，茗茗无奈，只得在那个狭小的房檐下坐下来。

　　"姑娘叫什么，下雨还在外面，是要找什么？"老太太视力不错的样子，没戴老花镜也能准确扎准绣花针儿。

　　"我……"茗茗心想在街边跟一个不认识的老太太唠叨也不算个什么事，总比让公司那些嘴碎的小媳妇议论得好。

　　"我叫茗茗，找……一个住的地方。"

　　"茶姑娘……这倒是个好名字。"老太太眯着眼睛笑着，将手中的红线打了个结，低头咬断了线头。

　　茗茗明明看到那截线只剩了很短的一截，但是老人在手上那么一捋一抽，不知从哪儿又抽出长长的一段来。她冲着姑娘一笑，拉过姑娘的右手，将那截红线拴上去，飞快地打了一个蝴蝶结。

　　茗茗有些恼怒，这个老人家有些太不讲理了。她想发火，但是看着老人家白发苍苍又一直笑眯眯没有恶意的样子，也就不好再说什么了。

　　"有些事情，该剪断的时候就要当机立断。"老太太指了指手上的线头，又指了指蝴蝶结，"该是新的，就要重新开始。"

　　真不知道一个街边卖鞋垫的老太太，哪里来的那么多大道理，还莫名其妙地对一个大姑娘动手动脚。

　　"红线代表姻缘，这根红线，就当婆婆送你的。"老太太絮絮叨叨地说着，又不知哪里续上一根金色的线埋头绣起了鞋垫，"马上雨就停了，你顺着这条路走到底，那个院子有你喜欢的房子。"

◈房子◈

　　说来也奇怪了，老太太说的那个地方，真的有个蛮优雅的院子，老是老了点儿，但是干净清幽。出租的那个屋子娇小整齐，原本是两室一厅的屋子，房东锁起来一间当作一室一厅出租。最关键的是，价格便宜，离茗茗上班的地方也只有几站路的距离。

　　可是老太太怎么就知道，这房子她一定会喜欢？

　　茗茗喜欢安静，不爱与人合租。

　　茗茗也喜欢这种木质的老五斗柜，还喜欢没有防护栏封闭的宽大阳台，更喜欢那直接伸到卧室窗口还开着花儿的槐树。

　　茗茗居然当时就定下了，非这里不住。

　　东西很快就由搬家公司送到了。茗茗的东西并不多，布置起来不过花了几个小时，等一切都妥当了的时候，天刚黑。

　　她终于有时间伤心难过，慢慢哭泣了。花了三年时间去爱一个人，觉得自己找到了这辈子最对的姻缘，最后发现不过是一个笑话。

　　说起姻缘，茗茗忽然想起下午那个老太太的话，她急忙伸出右手，却发现不知道什么时候那根系得紧紧的红线头不见了。

　　可什么时候不见的，自己居然一点儿感觉都没有。

　　茗茗有些莫名地紧张起来，应该是搬家的时候弄掉了，不知道为什么她忽然很紧张那根红线，于是暂时忘记了悲伤，满屋子找起来。

　　之前说过了，这个房子原本是两室的，房东锁起来其中一间，将剩下的出租了。

　　线头就是掉在那间锁起来的屋子门口。

　　按理说，茗茗是没有在这个屋子门口站过的，毕竟这间屋子的门，是单独开在右边的。

更不可理喻的是，线头的一截，居然顺着木门的门缝，钻到屋里去了。

房东事先是说过这间屋子其实有人住的，有人租了两年一次性付了钱，可是只住了半年就再也没出现过，房东拾掇了下，将那间锁起来重新出租了。

就那么一推，门上老旧的锁居然是坏的，"咔嚓"一声，门开了。

茗茗平日里其实是蛮正直的一个人，这有些窥窃别人隐私的事是不会做的，那天也许是想找些事分散悲伤的情绪，她就那么走了进去。

这间卧室比她的那间稍微大一些，看得出来之前的主人是一个爱干净的人，床上是整齐的淡蓝色格子床单被套，床下整整齐齐地摆放着棕色的拖鞋，三排的书柜里面除了满满的书外，还有一层挨着放了几套限量版的单机游戏，以及好几个小巧的奖杯。

至于书桌上，是一张九几年的旧写字台，右手边有三个小抽屉，上面端端正正地放着一个竹制笔筒，还有一只天蓝色的水杯。

肯定是个男生的屋子。

茗茗从未见过如此整洁的男生的屋子，邻居那些臭小子和她几个表弟的卧室总是乱七八糟，满屋子的垃圾和一股散之不去的汗味。

就算是今天才分手的前男友，平日里斯斯文文穿着笔挺的衬衫发亮的皮鞋，屋里若不是茗茗姑娘勤快，也和一个垃圾场没有多少分别的。

不过还提他做什么，三年的感情都套不住他的心，如此心高气傲的茗茗姑娘又怎么还会为他伤心？

话虽如此，想到这里，茗茗又哭了。

她抽泣着眼泪，顺手拉开第一个小抽屉，想找找有没有纸巾。

可是里面居然放了一大堆烧得只剩下边角的信件、明信片，茗茗扒了几下，看不出什么来。

第二个抽屉正常一些，都是些小钥匙扣、坏了的手机链、洗得干干净净的旧手绢、没有油的原子笔以及一根断掉又被细心用细铜丝接好的女生手链。

至于第三个抽屉也没有纸巾，只有一个红皮的、看起来很可爱的小本子。

就是那种女生很喜欢，印着柳条儿暗花的厚皮小本子。

就是嘛，这么爱整洁的男孩子一定不会差，优秀的男孩子，又怎么会没有女朋友。

扉页里有一排很秀气很可爱的字："送给我亲爱的嘉木先生。"

第二页便换了一种阳刚的字体，看起来是日记。

完了。茗茗暗道不好，看人家日记这种事，怕是不太好，万一屋子的主人这时候回来了，岂不是很尴尬？这种不道德的事，万一人家要报警怎么办。

可是女人这种生物，一边各种多想，一边还是忍不住翻了下去。

茗茗忽然对这个叫嘉木的男生产生了兴趣，她无比想知道，这个与众不同的男生的故事。

5 月 1 日

今天珊儿送我这个红色的小本子，她说将我们开心甜蜜的事都记下来，以后白发苍苍了也能翻出来回忆，我觉得她想法很好，欣然接受了。

早上她说想吃水煮肉片，下班记得买些干辣椒。

ps：晚上菜单，水煮肉、蒜蓉西兰花、酸菜粉丝汤。

茗茗的胃猛地一抽，饿了。

明明只是纸上的文字，却偏偏那么活灵活现地出现，她那忙碌了一整天的胃，开始蠕动起来，迫切地需要一大堆可口的饭菜。

红本子里面恰到好处地掉出一张小卡片：宜人快餐，免费外送。

生活似乎又有了希望，即使那只是别人的爱情故事。

❖日记❖

后来茗茗有好几个早上慌慌张张地穿过那个路口去上班，又无数个加班晚归的晚上拖着疲惫的身体回来，但是再也没有见过那个卖手工鞋垫的老太太，她只不过想买些小东西去感谢人家，给自己介绍了那么舒适的小房子。

"喂，茗茗，下班跟我们去 KTV 吧，带上你的那位？"临下班的时候，小李靠在她的肩上，笑嘻嘻地说。

听到"你的那位"的时候，茗茗觉得心里明显咯噔了一下，她急忙装出一副很遗憾的样子，满口惋惜地说道："真是可惜啊，我刚好晚上有事啊，应该是去不了了。"

开玩笑，她们每个人都有个贴心的男朋友陪同，自己去岂不是尴尬极了。

"那就算咯。"小李拍了拍她的脸，"最近你都不跟我们去玩，也不知道在忙些什么。"

忙些什么？能忙什么？下班回家发发呆，偶尔……偶尔在隔壁的屋子坐坐。

"哎哎，我不跟你说了，我真的有事。"茗茗抓过自己的包包，装得很着急的样子，飞快地离开了公司。

还是没有办法不想他，分手的事，至今还是很敏感无法面对。

路过街角的时候，她还是习惯性地看了一眼，没有那个老太太。

5月9日

珊儿最近老加班，回家又老说没胃口不想吃东西，我想应该是太忙了。

天开始有些热，珊儿最怕潮湿了，我在想有没有必要买一个除湿机。

今晚买些薏米红豆做汤，可以除体湿。另外做泡椒土豆丝和酸菜鱼，待会儿去接她下班。珊儿喜欢吃这些应该会有胃口多吃一点儿。

巧得很，今天刚好是 5 月 9 日，茗茗读到这里，仿佛看到一个穿着围裙的男人在厨房跑来跑去，忙着剖鱼和削土豆丝。

自己的前男友可是从来不下厨房的，他总是高傲冷艳地坐在电脑前面满脸油光地一边打着游戏一边说一个大男人在乌烟瘴气的厨房里完全不像个样子，女人穿围裙那才叫漂亮和贤惠嘛。

可茗茗偏偏就吃这套，几句话就被哄得开开心心地拿着锅铲下厨了，原本在家二十年都没沾过阳春水的姑娘硬是学会了全套厨房的活计。

其实这个穿着围裙在厨房忙来忙去的嘉木，也帅得很嘛，油烟太大的时候他也会被呛到，偶尔还会用切过辣椒的手抹眼睛，结果辣得直掉眼泪。

茗茗拿着本子傻笑起来，这么一个从未见过面的人居然能被想象得那么生动活泼，自己是不是精神出了问题，才会胡思乱想？

屋子仿佛隐隐约约地飘动着泡椒土豆丝的香味，茗茗觉得嘉木说得没错，这几天加班好累，该吃一点儿开胃口的菜犒劳自己才对。

她顺手把本子往桌面上一丢，欢天喜地地去打外卖电话了，就吃刚才小本子上写的那些，足够馋死人了。

住了差不多一个星期，茗茗通过小本子已经大概了解这间屋子主人的信息。男孩子叫陈嘉木，是这附近一所大学的在读研究生。他的女友珊儿则是一个短发活泼的妹子，两人是同学，不过珊儿并没有考研，而是在附近一家公司工作。两人计划着嘉木读研两年都住这里，等毕业后就结婚。

这些都是珊儿计划的，也是因为珊儿喜欢附近的景色，所以两人在这

镜花物语

里一口气租了两年。

可是为什么房东说，这屋子住了不到半年，就再也没有人来了？那个胖胖的嘉木和活泼的珊儿都去了哪里？东西都还整整齐齐地放在里面，难道人就凭空消失了吗？

对了，茗茗忽然想起来，屋子里好像只有一个人的东西，不管是杯子还是枕头，都只有蓝色的男生的份儿。

想到这里，茗茗丢下筷子又去把那个本子找了出来，她忽然没有耐心看下去，仿佛一个长长的连载故事，她只想知道结局是什么。

可是没想到这个本子只不过写了前面一小部分而已，并没有想象中的那么长。茗茗有些失望，不过她还是翻到有字的最后一页。

6 月 22 日

好几次去珊儿公司接她下班都不见她人，珊儿总说是和同事李姑娘出去吃饭了，今天因为买东西绕路过去，才知道那个李姑娘原来是个男人，他牵着我珊儿的手，两人亲亲热热地在西餐店吃牛排套餐。

隔着玻璃窗老远都能感觉到珊儿笑得很开心，她对面的男人西装笔挺，有些岁数了，看起来很成熟很稳重。

难怪我的珊儿回家总是不饿，总说什么都不想吃，我做的那些小菜怎么比得上这些高级的西餐。

只不过珊儿，你觉得我们那么久的感情，真的就这样完了吗？

今天的菜已经买了，还是做好罢了，毕竟答应过她晚上一定有西米露喝的。

ps：我们最后一个共同的晚餐：西芹炒牛肉、地三鲜、西米露。

茗茗简直是惊呆了，那么甜蜜的日记，到最后居然是这样的结局吗？那么好的男孩子嘉木，珊儿又怎么忍心背叛他？

茗茗含着眼泪抬起头来，屋子里那个微胖的大男人沮丧地低着头在屋里走来走去，他甚至忘了穿围裙，削着土豆皮就发起呆来，刀片刮到手了也不知道。

"你不痛吗？"茗茗忍不住号啕大哭起来，"我知道那种痛，痛得就快喘不过气来，可是日子还得过，生活还得继续。"

可是蹲在厨房里的男人什么都没说，只是恨恨咬着嘴唇，任由手指上的伤口滴血。

茗茗一直觉得好男人并不需要长得多帅或者多有钱，只要体贴又上进，那就是最好的不是？

她认真地翻了翻手中的本子，后面真的一个字都没有了，本子中代替书签的那根红线就卡在 6 月 22 日那页，再也没有往后翻。

茗茗觉得生活中唯一的一点希望也没有了。

❀分别❀

张茗茗，女，二十六岁，毕业三年都供职于一家小公司。有一个将要结婚的男友，但是一周前分手了。性格嘛，有些内向，外冷内热，总体而言还是个很好的姑娘。

以上是大家对茗茗的一致评价。

可能就是因为内向，她从未把她已经分手的事告诉同事们，毕竟她追随着前男友来到这座城市，就只有一群同事，并没有好友。

虽然她尽可能地逃避曾经的事，但是偶尔还是会控制不住在小屋子里哭泣。

不过有天她忽然发现，原来那么好的男人嘉木也会失恋。

她曾经以为自己做得很好，很努力，她用心学做菜学家务想给心爱的人一个家。

镜花物语

原来这些都跟爱情没有关系，一个人如果不再爱你，你再好也没用。

即使这五十三天跟你生活在一起的是像嘉木那么好的男人。

大门"吱呀"一声被打开了，守着一桌子冷菜发呆的大男孩儿这才回过神来，他急忙站起来，接过那姑娘手中的文件袋。

"珊儿，今天……我有点事，没去接你。"

门廊没开灯，一大片阴影，茗茗使劲儿往那边看了看，那姑娘个子不高，梳着一个梨花头，她手中那个包，被嘉木接过去那个包，茗茗一看就知道，绝对是嘉木买不起的。

她确实很漂亮。

一米六五的个子确实是最具有可塑性的身高，珊儿衣着成熟性感却又带着一丝天真，俏丽的梨花头让她活泼可爱的同时却又不缺少白领的气质。

怎么说呢，在茗茗的想象中，她尽可能地用最好的模样去描绘珊儿。

"都说了，不用你每天来接我，我不是小孩子了。"珊儿有些不高兴地将高跟鞋脱下来丢地上，懒洋洋地揉了揉自己的脚踝。

"饭菜……"

珊儿很快打断了嘉木的话："我没胃口，不想吃饭，洗个澡就要睡觉了。"说罢便要进屋。

陈嘉木不像平日里那样哄着心爱的姑娘多少吃一点儿，他知道，他的姑娘不是不饿，是已经吃过了，而且吃得很好。

"那……我们坐下谈谈吧。"

他一点儿都没发火，自己拉了一张椅子坐下了，那张椅子套着蓝色田园风格花布，另外还有一张粉红色的，那还是两人搬进来的时候一起选的。

珊儿愣了愣，她仿佛明白了什么，默默地从手腕上褪下一个什么东西，放在了桌上。

哦，应该是抽屉里那根被修补过的手链。

想来应该是嘉木送的定情物吧。

姑娘没有坐下，也没有说话，屋子里一度陷入沉默和黑暗中。

这种事发生在茗茗身上的时候，她是多么想哭想闹想问一万个为什么，只不过最后却是一个字也说不出。

姑娘开始收拾东西了，嘉木还坐在那里，像个雕塑般动也不动，直到她拖着皮箱走到门口。

"你确定吗？"阴影里传来男人的声音。

姑娘依然没有说话，她定定地等男人问完，拉开门，头也不回地离开了。

茗茗其实很想知道，自己那天离开后，那个人有没有伤心难过，有没有想念过自己的好。

不过她看不到，也不想回去看，她也无法知道离开的珊儿姑娘为什么会走得那么坚决，唯一能知道的是，阴影里总是有控制不住的抽泣声。

◈红线◈

今天是 2014 年的 5 月 9 日，张茗茗小姐在出租屋里将压抑了很久的委屈彻彻底底地哭了出来。

幸好那天刚好是一个星期五，第二天并不需要顶着大桃子眼去上班，也不用担心被人嘲笑。

她觉得自己好多了。

忽然有天发现自己并不是最悲伤的人，是不是应该感谢生活中有这么一个陌生人出现帮助了自己？

她依旧按时上下班，偶尔不加班就会和同事们出去吃饭唱歌，来去匆匆一如既往地生活在这座陌生的城市中。

有时候她也会假装那个好男人嘉木还在屋里忙碌,跑进跑出地做家务,系着围裙炒菜,美好得不得了。

如果不是已经知道这个故事的结局的话。

茗茗将小本子中那截红线扯下来,跟老太太系在自己手上的那根拴在了一起,打成了一个好看的蝴蝶结。

反正那个屋子的人再也没出现过,反正那个故事,也不会再写下去了。

"姑娘,你怎么在发呆啊?"

晚上满怀心事的茗茗走在路上,忽然被一只苍老的手抓住了胳膊,一把拖到了屋檐下。

她这才发现,自己已经走到那个路口,那个几乎被她忘掉了的老太太不知道什么时候又在那里支起了个小摊子,手中的长针上,一截长长的红线还在一晃一晃的。

"是你!"茗茗有些惊喜。

老太太笑盈盈地看着她:"姑娘还记得我?"

"记得记得!当然记得。"茗茗着急地回答,接着想要说的,却怎么也想不起来了。

"老婆子给你的红线头,可还留着?"老太太一手拈针,一手拉着茗茗,表情甚是和蔼。

"留着呢……"

"可不只是留着,说不定还能接上一段呢……"

"……什么?"

"我是说!"老太太压低了嗓音,一字一句地说道,"你得接上一段……"

满脑子都是乱七八糟的红线头,茗茗有些迷茫,并不明白老太太说了些什么,她看着慈眉善目满头银丝的老太太,想了想,认真地说了声谢谢。

"姑娘还是快回家吧,这眼瞧又要下雨了。"老太太满意地点了点头,然后就又去绣她的鞋垫了，再也不说话不理人了。

茗茗往天边一看，刚刚还好好的天，这会儿又飘起了小雨滴，这老太太简直是个天气预报，说下雨比什么都准。

老人家虽然坐在街边路口，可那一栋老楼有着很强大的屋檐，应该是不碍事的。等可怜的茗茗抱着头跑到家门口，小雨滴已经瓢泼成了无数的大黄豆，她也成了落汤鸡。

单身的姑娘就是这么可怜，即使跑回来的路上还扭了一下脚，还得一瘸一拐地爬楼，待会儿还要自己煮饭不然就会饿肚子。

茗茗好想有个人让她撒个娇然后将她背上楼，然后等她去洗澡换衣服的时候把饭菜做好放在桌上接着替她吹干头发两人一起吃饭。

奇怪，这个人好像不是已经分手的那位，倒像是本子里面那个好男人嘉木。

茗茗摸出钥匙来打开门，门口有一双男人的鞋子。

茗茗往里面走了几步，屋子里有饭菜的香味，应该是刚刚做好。

茗茗看见厨房里面有个微胖的男人系着围裙正在做饭。

讨厌……幻想的东西需不需要那么真实，还偏偏挑在人家最脆弱的时候出现。

姑娘见怪不怪地瘪了瘪嘴，一瘸一拐地打算进屋里去换衣服。

"你是谁？"厨房里那位神经兮兮地看着她，"为什么浑身湿漉漉的？"

幻觉也会讲话了。

"外面又下雨了啊？"他说着大踏步地走了过来，顺手不知道从哪里拿过来一张大毛巾，将湿漉漉的茗茗裹了起来。

"你……等等，你是真的？"

茗茗忽然跳开，她感觉那双手真的有温度，还有些粗糙。

"难道你见过假的我？"

"当然见过！"茗茗激动地手舞足蹈，"有的时候，满屋子都是你！"

"可是……真的你为什么会在这里？"想了想，她又掐了掐自己的胳膊，小心翼翼地问。

"我还没有问你呢。这是我租的地方，还有好几天才到期，你为什么会有钥匙？"

眼前的嘉木和茗茗想象中的那个，居然一模一样！

神啊，我发誓那个屋子，那个本子，那些明信片和信件中，从未有过嘉木的照片。

他真的有些胖，戴着黑框眼镜，只不过比本子中的那个人，成熟上那么一点儿。

"你是陈嘉木？"茗茗的声音有些颤抖，她往右边的屋子看了看，"珊儿呢？"

陈嘉木有些不屑地看了她一眼，正儿八经地问道："原来就是你看了我的日记，我说谁扯了我日记本里面的书签呢。"

茗茗有些尴尬地看了看自己钥匙扣上的红色蝴蝶结。

"你回来做什么？"

"研究生毕业了，学校不让住了，今天被街边一个老太太抓着说了一堆莫名其妙的话，才想起这个房子快要到期了……"

胖嘉木耸了耸肩，他确实不帅，不过一看就很厚道。

"……我又租了一年……"茗茗的声音小得跟蚊子一样，"我只住一间，你的那间，你还继续住呗。"

◈结尾◈

什么，你们问我后来？

两个人之间的细节，你叫我怎么好意思讲给你们听？

反正茗茗就喜欢这种老老实实的厚道男人，而这个陈嘉木一时间也确实找不到地方搬就暂时住下了，反正他那么傻也就适合继续在原来的大学留校当助教。

至于谁比较主动些，我觉得茗茗姑娘在经历了种种之后，应该知道有些想要的东西总是要主动去争取一下的。

嘉木先生呢，本就是个好好男人，两个受过伤的人，总是能相互怜惜的。

我只能说，上次我去他们的新家玩的时候，新婚夫妻俩正一起窝在厨房里面研究菜谱，说是非要做个什么高档菜来招呼我，搞得我挺不好意思的。

其实我也不是非要去蹭个饭吃，主要是我一直对茗茗和嘉木手上那对红线感兴趣。

总想打听下他们口中的那个老太太在哪里才遇得到……

那半截儿红线——我也稀罕得很呢。

应小苔笔记

成都四月最爱下雨。

刚巧房租到期，想换一个地方搬家，天天找房子，做梦都梦见搬了新屋。

嗯，梦见的就是文中那样的院子，那样子的屋子，梦中也在抽屉里找到一个本子，也就是说，骨来自梦，肉来自想象。

镜花物语

西伯利亚情人

恋人，产自西伯利亚，全身为蓝色，
常年生活在冰中，生性冷淡，喜欢人体温度，
若用体温化开，可成长为理想模样。

◈出售妖精的商店◈

"本店出售各式包装妖精，品类齐全，样式独特，绝对满足您的各种
需要……"

现在街头小广告真的是贴得满天飞，什么都有，这样一张售卖妖精的
小广告，根本引不起人们的重视，歪歪斜斜地贴在布告栏上，被一张内衣店
打折的海报遮了半边，上面那只长着翅膀的妖精几乎被遮得看不见了。

没有谁注意到那张小广告，城市中的人总是匆匆忙忙，上班放学，偶
尔有人留意，也只是付之一笑。

又不是三岁小孩儿，谁还会相信，所谓的妖精的传说。

"绝对满足您的各种需要……"

很少有人留意，并不是说完全没有人看到。

陈灿灿就是一个注意到广告的人。

她已经沿着这条路来回走了三遍了，注意到位于两张超市活动广告中
间，内衣店打折广告下面巴掌大一点儿的妖精售卖广告。

"绝对满足您的各种需要……"她又重复了一遍那段话，然后轻轻地、一层一层地揭开外面几层：

地址：鸿云路 117 号

电话：135********

真的有这种商店，卖能满足自己各种需要的商品？

她站在那块巨大的布告栏下发呆了很久，直到有一个老头儿又将一张外卖盒饭的广告，遮住了那块巴掌大的空隙。

"鸿云路……"她愣了愣，虽然从小在这座城市长大，但是改建后的道路名还是犯迷糊。

糊广告的老头儿莫名其妙地看了她一眼，用手指了指不远处的车站牌，上面几个大字：鸿运路站。

只知道奶奶说这条街叫"状元口"，原来就是鸿云路。

❖完美的恋人你有没有？❖

陈灿灿最近失恋了，整天神经兮兮地在家中老是让奶奶紧张，所以干脆扯谎有朋友相约，一个人在这条街上来来回回地逛了三圈马路了。

可是并没有看到很特别的店面，只有一个面包店散发出很诱人的香味，不过反正也没事，于是陈灿灿便沿着路边慢慢地找起来。

左边是单号，右边是双号，这是这条街的规矩，那么第一家是时装店，第二家也是，第三家是大打折的内衣店。

一家一家地数下去，115 号是大型的商场，正在请路人试喝果汁，119 号是汽车美容中心，车水马龙，人流涌动，彻底地将 117 号淹没到无人的境界，117 号妖精专卖店三米不到的门面，就完全藏在了超市摆放的销售摊位后。

陈灿灿一路躲过销售小姐热情的试喝推销，挤到那间小小的屋外。

隔着湖蓝色的玻璃门望去，店内似乎迷迷蒙蒙一个人都没有，陈灿灿伸手推了推沉重的玻璃门，立刻响起了清脆的铃声，店内便出来了一个七八岁的小女孩儿。

或许是老板的女儿吧，她想。

"您好，请问需要买点儿什么？"小女孩儿倒是很熟稔地招呼她。

店内两边都是大大小小的架子，放着各式的罐头，还有水晶的吊饰、琥珀、玻璃杯，甚至还有一个样式奇特的大冰柜。

"啊！"向前一步，陈灿灿看到地面上竟然铺的是透明的地板，下面是大小不一的鹅卵石和清水，偶尔还有小鱼游动，再配上绿幽幽的光线，让她误以为是踏入了清澈的小溪流中。

门后的玻璃门猛地关上，将身后的喧闹彻底地关闭了，一丝声响也没有了。

"请坐。"

女孩儿指着一张凳子，竟然也是陶瓷的，上面画着小荷蜻蜓，然后将一本大册子放在了也是店内唯一的一张画着花草蝴蝶的陶瓷桌子上。

这是个什么地方，装修得确实很有格调，只是，到底会卖些什么稀奇古怪的东西？

"您要买点儿什么吗？"小孩子站起来刚好比桌子高一些，陈灿灿看到一双亮闪闪的眼睛。

或许是因为没有大人在场，陈灿灿又刚巧没有什么心情，竟然顺口便说了："我想要一个恋人。"

"恋人？"

"对，完美的恋人，你有没有卖？"

实在是想看看小女孩儿脸上的表情，陈灿灿在心中想。

镜花物语

"当然有。"女孩儿居然不慌不忙地搬了一张小板凳放在右墙角，"不过所谓的完美恋人是没有一个定义的，只能因人而异。"

是那个古怪的冰柜。

莫非是有种叫"完美恋人"的冰激凌？

女孩儿慢慢地打开了那个巨大的柜子，取出了一块蓝色的东西。

陈灿灿仔细一看，是个鞋盒大小的冰块，里面弥漫了蓝色的像渲染开来的烟雾状的东西。

"真漂亮！"陈灿灿忍不住伸手摸了摸，居然不是很冷，只是寒气阵阵。

"恋人，产自西伯利亚，全身为蓝色，常年生活在冰中，生性冷淡，喜欢人体温度，若用体温化开，可成长为理想模样。"

陈灿灿拿起上面那张蓝色的标签，轻轻地念道。

"他是来自西伯利亚最冷的冰妖精，也是最完美的恋人。"

女孩儿的眼睛在桌子的那边一闪一闪，看起来像是在讲一个很美的童话。

"放在你的床头，用你的体温温暖他，给他讲述你心目中完美恋人的样子，过段时间，他就会苏醒。"

是个美丽的故事，陈灿灿用手提了提，其实一点儿也不重，于是便有点儿心动。

"好吧，我要这个完美恋人。"

不就是鞋盒那么大一块嘛，不就是每天对着它说话嘛，就当是一个童话，保持一颗童心好了。

女孩儿又将板凳放在另一个角落，从柜子上摸下一沓包装纸。

"我替你包好。记得了，千万不要再放回冰柜，也不要把他当作真正的恋人，他只是一个妖精，会贪恋让他苏醒的人。"

看起来不过七八岁的孩子，说话居然还老到得很，包装物品的手指也是灵活得很。

这到底是一个怎样的世界啊，陈灿灿觉得有些疯狂。

那天风吹得冷兮兮的，回来的时候奶奶已经炖了一锅羊肉汤，空气满是温暖的炖汤味道，陈灿灿才想起今天刚好是冬至。

难怪那么冷。

她看到里面朦胧的蓝色居然有些聚拢，模模糊糊居然有人形状的影子，手一摸到冰块的表面，里面的蓝色立刻有了变化，仿佛是贪恋人体温度的小动物。

陈灿灿忽然怜惜起那个冰冷的东西，产生了无以言表的情绪，仿佛是一个尚在孕育的婴儿，等待着最温柔的拥抱。

那样一个冷冰冰的东西，竟然会像生命那样流动。

想起那个小女孩儿的话，她便探究了起来，并用手掌抚摸着那冰冷的蓝色。

雾状的东西立刻聚拢在她的手掌下，像只温柔的小狗。

真是神奇了，莫非这个世界上真的有妖精。

陈灿灿有些惊讶，她伸手将那小小的方块搂在怀中，随着怀中的冰块渐渐变得温暖起来，棱角也在消失，变成一块椭圆的蓝色，里面的东西更像是要冲出那个约束般不断地流动起来。

"会成长为理想模样……"

她又想起标签上的那句话，有点儿大惊小怪地笑了笑。

❖ 和妖精相处，有什么准则？ ❖

妖精的故事，陈灿灿最喜欢的莫过于雪女了。

美丽的雪女会和遇到的人定下契约，不能把遇到自己的事情说出去，然后却又会化作常人，嫁给定下契约的人，生儿育女，过着最幸福的生活，再套取他口中的秘密。沉醉在幸福生活中的男人通常觉得没有什么值得隐瞒最亲爱的妻子，说出多年前的事情后，才发现原来身边的人就是和自己定下契约的人，最后雪女便会杀死他，愤怒而归。

故事往往因为雪女的离开而变得残忍和单调。

世人常常会觉得雪女太过残忍，为了一个秘密，即使多年以后，也会杀死已是自己丈夫的人，但陈灿灿却认为，其实只要遵守和妖精的规则，那么也会是很美丽的故事。

例如说她带回家那个蓝色的冰块。

"谁，是谁在屋子里？"那天真是冷得出奇，刚下班打开大门，陈灿灿便听到卧室中传来细微的声响。奶奶这些天去了叔叔家照顾刚出生的小侄儿，屋子里的声响莫非是有了老鼠？

顺手抓起冰箱旁边的扫把，陈灿灿轻手轻脚地推开了卧室的门。

那是什么？那个站在衣柜旁边裹着自己浴巾的男人是谁？

"啊！"

一声尖叫，她抄起手中的扫把闭上眼睛没头没脑地打去。

然而似乎是什么也没有打到，扫把重重地落在了地面上，那个男人居然无声无息地越过了床，站在了她对面。

"啊啊！"这次陈灿灿吓得连扫把一起都丢了。

男人虽然围着一张白色的花浴巾，但是肤色却是微微泛蓝，眼睛却又泛绿，头发泛白，怎么看，都不像是一个人……倒像是、像是……

"我不过是想找件衣服穿，你打我做什么？"

若不说亲眼看到，陈灿灿这辈子也不会想到有那样奇怪的事情发生，床上那块蓝幽幽的小东西不见了，取而代之的是屋子里多了一个奇怪的人。窗户是从里面扣的，完好地关着，门是从外面扣的，也是完好的，如果要解释的话，也就是说……

"我就是你带回来的'完美恋人'。"男人一本正经地看着她，绿色的眼睛闪耀着智慧的光芒，那张英俊的脸确实让她有些心动。

"难道不认识我了？"他靠近陈灿灿，似乎是想要她看得更清楚些，"你看我的皮肤是蓝色的。"

陈灿灿的心跳立刻便漏了几拍。

"那……请问，和你相处，有什么准则？"

一阵慌乱后，陈灿灿总算是稳住了阵脚，她从衣柜里面找出几件稍大的Ｔ恤和裤子让自称是妖精的男人穿上，又验证了他确实是蓝色的血液，勉强地接受了他就是那个自己买回家的蓝色小方块，还很理智地记得，与妖精相处，是有一定的准则的。

"准则啊，怎么说呢……"幸好他是个高且瘦的妖精，勉强还能穿着那些衣服，虽然有些可笑。

"如果一定要说有什么准则的话，那就是……"他忽然变得严肃起来，"那就是一定不可以爱上我。"

"噗！"陈灿灿忍不住爆笑，既然知道他是一只妖精，又怎么会犯这种错误。

"既然你是我买回家的，那么就给你取个名字好了，陈小丙，甲乙丙丁的丙。"

虽然皮肤是蓝色的，眼睛是绿色，头发是白色的，但是陈小丙看起来也不是非常奇怪，毕竟现在的年轻人都喜欢那样疯狂的打扮。倒是在这样寒冷的冬季穿得那么单薄的人，比较引人注意，好在奶奶这些天并不在家，这个来自西伯利亚的陈小丙，除了有抵抗寒冷的潜质，还对任何陌生的东西都感兴趣。例如电视机和微波炉，还有电话和电脑，他很快将屋子里所有的东西都试玩了一次，连浴室里的莲蓬头也不放过。

这可怎么办是好。陈灿灿觉得麻烦可大了，养只这样的妖精在家不是养个小猫小狗什么的，若是被邻居们看到怎么办。

"这倒是不会。"陈小丙正在研究怎么用电炒锅做出味道美妙的茄子，头也不抬一下就似乎看穿了她的心思，"我不会随意出现在别人的视线中，更不会给你添麻烦。"

说着，他从锅中铲起炒好的酱汁淋在了一边的茄子上，空气中立刻弥漫着诱人的味道，让陈灿灿立刻不知道要问什么了。

妖精不愧是妖精，不仅长得好看帅气，还样样精通，自己学了几年也做不出这个味道。反正上了一天的班又冷又饿，陈灿灿索性便什么也不问了，坐下吃饭。

也不知道自己把这只妖精放在家中到底是对还是不对，说出去也不会有人相信这个事情，陈灿灿到底还是好奇妖精的生活，反正他也吃不了多少，就让他待到奶奶回来的时候好了。

❀冬天很快过去，我就要离开了❀

周末总是很快地过去，星期一的晚上陈灿灿加了一会儿班，等到手中最后一份工作完成，才发现已经是八点钟了。冬日的八点钟，外面已经黑得什么都看不见了。

偌大的办公室，早就没有一个人了，她紧紧地捏住羽绒服的领口，收拾了东西准备离开。

大楼黑漆漆的，走到楼下打的却看到门口有个绿色的东西一闪一闪的，特别像是陈小丙的眼睛。

镜花物语

"你怎么会在这里？"她很是惊讶。

有个端着盒饭的男人坐在那里，明明有些打瞌睡，却偏偏硬撑着玩手机游戏，那个绿色的光绝对不是陈小丙的眼睛，而是他手中一个过时的绿屏手机。

"水饺。"看到陈灿灿出来，他很高兴地站起来晃了晃手中的饭盒，露出一个迷人的微笑，"别忘记了，我可是最完美的'恋人'。"

虽然明白他只是一只来自西伯利亚的妖精，陈灿灿还是忍不住一阵感动，泪水几乎要夺眶而出了。

"……绝对不可以爱上我……"一阵寒风吹来，她忽然想起了那个准则。

这个世界上确实是有很多事情是想象不到的，虽然觉得惊讶，但是她还是接受了陈小丙的适应能力。

他给自己找了一份超市的工作，还懂得买适合自己的衣服和人类必备的破旧手机，甚至他还会无师自通地每天买了她喜欢的小吃到单位来接她下班，会在拥挤的公交车上讲笑话，会在周末的时候忽然摸出最热门的电影票约她去看。

完全符合一个"完美恋人"的所有准则。

陈灿灿都有些怀疑，他到底是不是一只真正的妖精。或者他根本就是一个普通的人，那些关于妖精的记忆，都只是梦而已。

"冬天很快就会过去……"安静的电影院中，陈灿灿听到身边的妖精发出这样一个声音。他迷离的眼神看着前面，光线落在他光滑的皮肤上，泛出朦胧的光晕，他似乎并没有在看电影，而神游到了不知道什么地方。

"你说什么？"陈灿灿拿胳膊肘碰了碰他，"不看电影在想什么呢。"

"啊……"他忽然回过神来，"我说冬天真的很冷……"

"很冷？"陈灿灿低头看了看他单薄的衣衫，"来自西伯利亚最冷的

镜花物语

妖精也会怕冷？"

　　"我是说……"他绿色的眼睛在暗淡的光线中一闪一闪的，"冬天很快就会过去，冬天离开了，我就离开了。"

　　"啪！"陈灿灿手中端着的可乐全部倒在了地上。

　　或许从来就没有想过这个问题，虽然一开始会觉得麻烦，但是现在却会觉得，有这只蓝色的妖精待在自己的身边，生活才会正常很多。

　　"你在开玩笑吗……"

　　不管她承认不承认，事实上，她确实表现出爱上妖精陈小丙的征兆，并且习惯了他的存在。

　　"所以，你绝对不可以爱上我。"陈小丙的声音听起来很低，像是电影中对白的声音，"如果你爱上了一只西伯利亚最冷地方的冰妖精，你的感情也会被冰冻，随着我离开……"

　　看完那场电影出去，外面刚好在燃放着新年的烟花，农历的新年过了，也就是春天到了吧。

　　还骗奶奶说加班，其实是想和陈小丙一起来看新年的午夜电影，却没有想到，他那么快就要离开。

　　"你什么时候走？"

　　"天亮的时候。"

　　两个人,不对,是陈灿灿和一只妖精陈小丙依偎坐在散场的电影院门口，不言不语地数着天上的烟花。

　　她觉得身体变得越来越温暖，眼前也在模糊，似乎是在一场梦中，身体中有什么东西在逐渐地离开，然而，却始终睁不开眼睛。

　　"对不起……"她听到细微的声音，脸上感觉到一个冰冷的吻，然后就看到天边一丝红光。

"小姐，小姐。"一个做清洁的老大妈站在她的面前，"你怎么在这里睡着了……这天气冷得啊……会感冒的……"

❖也许真的只是一个梦而已❖

上班族的陈灿灿，和奶奶住在一起，年前刚好失恋，和千千万万的人没有什么不同，有半夜看烟花在电影院门口睡着的丑事。

若是给她讲妖精的故事，她一定会笑你说自己不是三岁的小孩子。

听说她认识了一个叫陈小丙的人，就是那个每天下班都会买了小吃来接她的人，总是穿着单薄的衣衫而且英俊的男人，但她自己总记不得，老说那个冬天太冷，奶奶又不在家，只能吃自己做的难吃的东西。

也许关于妖精陈小丙，真的只是一个美丽的梦，醒来的时候，刚好听到他在自己的耳边用电影对白那样低沉的声音说："冬天很快就会过去，冬天离开了，我就离开了……"然后便是到处飞舞的可乐的味道。

现在刚好是春天，温暖的空气慢慢地融化着被寒冬僵化的人群，陈灿灿走在匆忙的鸿云路上，看到115大超市的大屏幕上的美女正在用非常标准的普通话播报着天气："……来自西伯利亚的冷空气已经全部离开，接下来的天气会很快地温暖起来……"

脸上似乎有什么凉悠悠的东西，她伸手摸了摸，居然是泪水。

鸿云路的117号大门依然淹没在无人的境界。

但是陈灿灿觉得，她这辈子都不会再有勇气推开那扇门了。

镜花物语

应小苔笔记

这源于对爱情的质疑，所谓完美爱情真的是电视剧里面的那种吗？白雪公主嫁给王子之后真的过得很好吗？为什么公主和王子的故事总是美好的，而国王和王后的故事总是残酷的？

等等，我们只是普通人，长得普通，家境普通，当然身边的恋人也是普通的。

假设有这么一个完美的恋人出现在你的生活中，我想，那一定只是一个故事，一个假设，一个虚构，生活毕竟有磕磕绊绊，有吵吵闹闹。

小丙，或许只是灿灿心中的一个理想影子罢了。

倾藤之恋

难道绿衣服的女孩子，
那爬满防护栏的藤蔓，还有那海藻似的长发，
这一切的一切都只是梦而已？

◈序◈

前几天就发现窗边的藤蔓爬得太快了，才几个月，就差不多遮了半个窗户了。

周哲有些烦恼地将已经伸过来的枝头拨开，这些不知名的植物，如果再长，就快遮住外面的阳光了。

其实本来这些藤条，是不会长到这边来的。

事情还得从三月说起。

◈它只需要悉心照顾◈

因为工作的调换，新年刚过完的时候，周哲就在城边上租了这屋子。

屋子在顶楼，不大也不小，该有的一应俱全，小小巧巧的，蛮适合一个人居住，他又刚巧是那么一个喜欢安静的人，这屋子倒是合适得很了。

至于说那枝藤蔓，本来是楼顶上的青苔堆里长出的不知道什么芽儿，蔫蔫的，被大风一吹便倒了。是周哲自己心生怜悯，用一根竹条扶住了它的身躯，又去楼下的花圃中挖了些土培在四周。

不过是太寂寞了的缘故，周哲这样替自己解释，新到一个陌生地方，没有朋友也没有什么特别相熟的同事，不喜欢上网也不喜欢泡夜店，下班回家除了看电视和吃饭睡觉外，真心没有别的什么事好做了。

反而是楼上的那株小草，让他百般无聊之下总是有点儿寄托。

只不过，似乎他做的一切都显得很无力，那芽儿虽然勉强地站稳了身姿，可依然风一吹便倒，雨一打就歪。在连续下了几天雨后，天台上的积水浸泡了角落里的泥土，待周哲下午下班回来后，芽儿已经躺在一汪污水之中了。

也是那天，慌了神的周哲在楼下撞见了那个女孩儿。

其实搬来这里也有些日子了，周哲总是不太出门，从来也不知道这老式的小区中还住着这样一个女孩儿。

"你要带它去哪里？"

他手心捧着那株没有生气的小芽儿冲下楼，想要将之移植到那些土壤肥沃的花圃中，刚下楼就被一个女孩儿拦住了。

女孩儿瘦瘦的，穿着一条绿色的背带裤，细细的辫子顺着身体的弧度温柔地贴着脖子。

"什么？"周哲愣了一下，然后往身后看了一眼，楼梯上空空如也。

"你说谁？"于是他又补了一句。

"它啊。"女孩儿的声音又细又尖，她伸出一只手，指着他手心那芽儿，又细又白的手，像一根黄豆芽。

"你说这个？"周哲笑了笑，"再不把它移到花圃里，它就活不成了。"

"没有什么，它只需要悉心照顾。"那个女孩儿如是说。

"什么？"周哲又不懂了，"天台上的泥不够营养，不管怎么照顾都没用啊。"

"才不是，"女孩儿把头摇得跟拨浪鼓一样，发辫也跟着乱晃起来。

"如果你想拥有它，阳光和水是必须的，剩下的它需要的是真心实意的爱护，免它风吹雨打，暴晒干渴。"

"又不是婴儿，哪有那么麻烦？"周哲也学女孩儿的样子摇着头，一边想象着自己一头杂乱的短发也会像她的辫子那样乱晃。

"先生，如果你不愿意悉心呵护它，那么把它丢在它本来的地方，那就是它的命运和归属。"女孩儿撇着嘴，一本正经地说。

周哲忽然对眼前这个女孩子有了兴趣。他假装不懂的样子将声音提高了一些："我很喜欢它，也想照顾它，可是我不知道该怎么做。"

"我懂。"明显地听到女孩儿松了一口气，周哲忍不住在心里暗暗发笑，现在的女孩儿真是爱心泛滥成灾啊。

"只要你肯收养它，并真心爱护它，我会告诉你该如何照顾它的,先生。"女孩儿如是说。

"我当然愿意，"周哲笑了，"另外我叫周哲，不叫先生。"

"好的，先生。"

"哈哈。"忍不住笑出声来，周哲也就妥协了，"那么你叫什么名字？家住哪里？"

女孩儿低下头想了好一会儿，然后才慢悠悠地回答："我叫青蒲，住在……住在天台上。"

天台？周哲想起这边房子的顶楼有好些屋顶花园，女孩子大概就住在其中一间，只不过大家初识，怕也不好再问得太详细了。

"那倒是个很特别的名字呢。"他如是说。

◈水晶砂◈

"喏，就是这个了。"青蒲指着玻璃柜中的东西向他点了点头。

镜花物语

刚好月初，春天的阳光照着大地，周哲将那株瘦弱的芽儿暂时安置在了窗台下，然后将那个梳着双辫的姑娘约了出来。

不知道该怎么样照顾它，这就是最好的借口了。

女孩儿依然穿着绿色的背带裤，看起来气色似乎要好上一点儿了，但是不知道何故却撑了一把绿色的小伞。

"又没有下雨。"他说。

可女孩儿并不理他，昂着头撑着伞走在前面，在繁华的步行街上隔着玻璃门玻璃窗一家一家地瞅。

"你在找什么？"

又逛了半条街后，他终于忍不住发问了。

此时青蒲正趴在一家香水店的玻璃墙上，用手指着一瓶香水向他点头。

"那么贵的香水，"他皱了皱眉，想了想，又说，"你喜欢的话，倒也没关系。"

"才不是香水。"她皱着眉的样子很可爱，"是那盆富贵竹，看到没有？上面那层细细的水晶砂。"

"真是的，要那东西做什么？"

"养花啊，你忘了吗？"

这倒也是，周哲心里暗暗地想，这姑娘不惦记好吃好玩的，一直记着给那枝芽儿找东西。

"可是这些细砂能行吗？不够肥沃吧。"

"就要这个，我说行就行。"青蒲拉长了声音，"那只花盆也不错，一并拿走吧。"

"就这样？"

"还有十串街口的糖葫芦。"

"好，成交！"

周哲从来没有见过女孩儿能一口气吃掉十串糖葫芦，他目瞪口呆地看着女孩儿吃得肚子都腆起来，然后满足地拍了拍，一副很惬意的样子。

"喏，回去立刻把幼芽儿种进去，记得要浇灌纯净水，还有不能让阳光直接暴晒，当然也不能没有阳光，不能受大风大雨，你懂的。"

"哦。"周哲急忙点头，用心地记了下来。

"哦你个头啊，记下来了我就回去了。"

"那什么时候再约你出来玩？"

"花开的时候吧。"

❀你说过花开就会见我❀

花开是什么时候？

周哲心里每天都在蹦跳着那个小绿人儿，她梳着两只小辫儿，瘦瘦的，声音又尖又细，能一口气吃掉十串糖葫芦。

可是那还只是枝芽儿，要多久才开得了花啊。

"喂，周哲，你又在发呆了，是不是想拖累整组人都下不了班啊？"

感觉手臂上给人重重地拐了一下，周哲才回过神来，看见同组的小刘站在旁边。

"你的企划书写完了没？别一会儿又交不上。"

"这就写，就差一点儿了，"他急忙解释，"不会耽误大家下班的。"

"这还差不多，大下午的也不知道发什么呆。"刘美女一边说一边扭着细腰走了开来，八寸细跟踏得木地板都在颤抖。

"对了小刘，"他忽然想起什么，"我问你个问题。"

"什么？"高跟鞋在地板上转了个圈，发了一个颤音。

"你知道什么植物的叶片是圆圆的，茎条又细又长，还非要用水晶砂才能养活呢？"

"这么莫名其妙的问题，百度才知道。"刘美女说得很坚决，然后渐渐远去了。

"百度查得到才怪，那么凶当饭吃啊。"一边嘀咕着，周哲一边很无奈地打开了他的企划书。

其实按照青蒲的方法，用碧色的小盆将之种在水晶砂中，放在窗台边上，刚好有阳光但不直射，却无风无雨，早晚浇几小勺纯净水，那无精打采的小芽儿还真活了过来，并且长高了好些。叶片长成很可爱的圆形，并努力地向上伸展着个头。

可是周哲从来没有见过这种植物，更不知道什么时候会开花了。

等等，两人并未留下手机或者别的什么联系方式，既便开了花，她又如何得知？

想到这里周哲有些沮丧地托住了下巴，该不是忽悠我好玩的吧，也犯不着为了十串糖葫芦开这么大的玩笑吧。再不然，难道她能看见我阳台上那只小花盆？

对了，她说她住在天台的嘛。周哲想起小区那些乱七八糟的屋顶花园，会心地笑起来。

"喂，傻笑什么呢，不想下班了是吧？看什么看，就是说你！"旁边的同事不乐意地大声提醒道。

这工作其实也算不错，只不过头头有些苛刻，工作做不完不许下班，搞得同事关系也紧张兮兮的，谁都不想被别人拖累搞得很晚才能下班。

要不然周哲也不会将满心的注意力都倾注到植物身上了。

那天下班已经是晚上九点多了。周哲做完事回家躺着几乎是怎么也不想动，他半躺在床上，拉开了一丝窗帘向外看去，小芽儿在窗台上伸展着叶子，个子仿佛更高了一些，顶端上追着一个小小的，不知道什么东西。

他紧张得一下子从床上弹起来，猛地拉开了窗帘，借着对面天台的光看到了那居然是一只小小的花骨朵。

天啊，是浅绿色的，小巧的花骨朵。

明明早上的时候什么也没有。周哲惊喜得不知道如何是好，一天的劳累一扫而空。他试着又浇了一些水，接着又整理了一下已经很整齐的水晶砂，然后有意无意地往对面的天台上看过去。

花骨朵仿佛能感觉到他的照顾，向上挺了挺身姿。

"嘿！"对面推开了一扇窗户，一个女孩儿的笑脸伸了出来。

周哲那时候觉得，从屋顶上捡到的那株草是这辈子最幸运的事了。

女孩儿果然就住在对面。

"嘿，"他兴奋得舌头都打不直了，"你说过开花就会见我的。"

"可是，还没有开花。"姑娘冲他宛然一笑，然后合上了窗户。

是的，她答应过花开就会再见面的。

周哲兴奋得一夜都睡不着，每隔几小时就会拉起窗帘向外看去。对面的灯早就熄灭了。窗台上的花蕾也仿佛睡着了，含着头一副娇羞的样子。

"你真是我的幸运草。"他如是说。

或许任何一个男人在遇到自己喜欢的人时，都会这样吧。

❀小字条❀

"我想我们很快就会再见面了。"小字条上这样写着。

浅绿色的信笺，上面有浅白色的花边，边缘被剪裁成了藤蔓的样式。

虽然就住在对面，可是不知道为什么，周哲从没在那个老式的小区中见过青蒲，仅是偶尔会看到对面窗户中顾念的笑脸。

老式的小区中，两个单元靠得很近，窗户跟窗户之间甚至就三米多一点的距离，但是绕过去却有很远一段路。姑娘住的那个天台上乱七八糟地搭了些房子，看布局，刚巧也就是之前那株芽儿所在的位置。

周哲也想过去那边直接敲她的房门，可是他一边觉得自己太唐突了，一边七绕八拐地找过去时，却迷失了不知道该从哪个单元口进去。

其实还是缺乏那么一丝勇气罢了，他心里清楚得很。

直到那天他开窗看见那张小字条。

其实花骨朵长起来已经快一个星期了，却一直没能绽放，花骨朵光是一个劲地长一个劲地长得很大，长得花茎都快要撑不住的样子。

周哲免不了有些沮丧，不只是因为花朵老不开，也因为自己老鼓不起勇气去面对。反而是要女孩子主动来跨出那一步。

他本来想给那不知名的植物浇点儿水，却意外地看到那信笺挂在花盆边。

三米说远不远，说近不近，也不知道那小丫头是如何把信笺送过来的。他看了看对面窗口，于是提笔在下面加了一句："什么时候？"

"难不成是你帮我在递消息？"他看着那株花骨朵，都长到小孩儿拳头那么大小了，仿佛马上要裂开似的。

可惜还是个花骨朵，没有开成花儿。

于是隔天下班又收到字条，上面加了一句："今晚八点街拐角第二间酒吧。"

女孩儿写的今天，下面没有日期，那么就是今天了。还好今天已经下班了，也没有加班，可是也已经七点半多了。

周哲急忙地洗澡换衣服，又匆匆地垫了几块饼干，哪里还来得及吃饭，临走前还不忘拉开窗帘给小芽儿浇水——对面黑漆漆的，什么都看不见。

◈我会好好爱护它们◈

这些都已经是三个月前的事了。

周哲抓了抓头皮，有些烦恼地看着外面的藤蔓，六月过了一半，藤蔓就爬了一半，再过半个月，岂不是要遮了整扇窗？

更可气的是，青蒲总不许自己修剪外面那些长得过于繁盛的枝条，她对待它们总是过分的好，好得出奇，好得几乎就快将那些枝叶搂上床睡觉了。

"你在这里做什么？发呆啊。"

身后响起一个甜腻的声音，青蒲头发还在滴水，她一边擦着一边问道。

她的头发长了许多，又长又弯，差不多快要拖到腰间了，比起初见到她时细细的齐肩双辫，现在她多了好些女人味。

"我在想，这些枝叶长得太快了。"

"可是你答应过我，会好好爱护它们的，不伤害它们的。"她顾不得擦头发，张开双手挡在窗前，仿佛护着孩子的母亲。

"我只不过想修剪下枝条嘛，这么长下去……"

"不许不许，我不许！"青蒲瞪大了眼睛，泪水都快落下来了。那架势仿佛动一下那些枝条她就会跟你拼命似的。

周哲轻轻地在心里叹了一口气，这丫头被自己宠得不像话了。

"好啦好啦，说说而已，谁都不会动它们啦。"但是他还是宠溺地摸摸她的头，反正每次他都会这样妥协下来。

"哇呜！"青蒲向他扑过来，"我就知道你最好了。"

❀你喜欢什么样子我就是什么样子❀

三个月前的那个晚上，周哲急匆匆地换好衣服去了字条上写的那个地方坐下，满世界的红男绿女，却没有看见那个梳马尾的女孩儿。

"哟，你也会来酒吧？"一个声音在身后响起，公司的几个同事嘻嘻哈哈地站在身后。

"该不会来泡妹子的？平时叫你不是总不肯跟我们一起来的嘛。"

周哲没想到这一手，只好装作很随意的样子笑了笑。

"谁说他来泡妹子的，人家可是有妹子的。"女孩儿不知道从哪里走了出来，她的辫子烫成了好看的梨花头，仿佛那含苞欲放的花骨朵。

"哟。"这下轮到那些无聊人尴尬了，几个人都打着哈哈走开了。

"怎么，不认识我了？"女孩儿看起来跟之前完全不同了，绿色的长裙，上面点缀着点点百花，辫子也散开成一朵花的样子，实在不是之前那小丫头片子的模样。

"你漂亮了很多。"他如是说。

"噗！"女孩儿笑出了声，"幸好你还认得我，要不真不知道怎么办才好了。"

"连你的声音也变了许多，不像之前又尖又细。"

"那你是嫌我声音难听了？"女孩儿忽然挑高了眉毛，一副不乐意的样子。

"才不是呢，"周哲笑了，"我很喜欢你现在的样子，还有声音。"

"你喜欢什么样子我就是什么样子。"女孩儿也笑道。

"对了，忘记问你了，那株到底是什么植物？会长成什么样子？"

"你希望它长成什么样子？"

"藤蔓？"他忽然想起那信笺上藤蔓的花边。

"那它就是藤蔓。"她歪着头，很可爱的样子。

镜花物语

❀你又在发呆❀

想到这里周哲掰着手指数了数，他们在一起已经 96 天了。

那窗台上的花骨朵也就那天晚上忽然地绽开来，一朵浅粉色的花儿，接着枝叶仿佛有意识般开始迅速地长大，慢慢地顺着防护栏爬了起来。

果真长成了藤蔓。

只不过他从未见过如此奇怪的植物罢了。

"丫头，我去上班了哟，冰箱里有饭菜，中午记得自己吃饭。"周哲挣扎着翻身起床的时候，已经快八点了。再不快点儿的话，上班就要迟到了。

"嗯……"床上的女孩儿只发出很模糊的一个声音，然后翻过身又继续睡去了。一头长发像海藻一样堆在身后，那一秒周哲差一点儿觉得那是一大堆藤条了。

女人的头发怎么会长得那么快？

习惯性地拉开窗帘敲了敲，整面墙的大窗户都被遮得差不多了，几乎不用再挂上窗帘了，只剩下一小块可以照进阳光了。那只之前买的小花盆也被挤得不知道哪儿去了。

这周已经迟到了两次了，每天早上总是睡过头，闹铃仿佛成了没用的摆设。青蒲和她的长发仿佛无所不在地堆满了整张床，缠得他透不过气来，有时候甚至觉得，睡着了脚也能在被窝里踩到一堆头发。

如果告诉别人，任何人都只会认为他在讲故事吧。

"喂，最近满脸桃花的，是不是交了女朋友啊，小子挺不错嘛。"

刚走到小区门口，那小保安便挤眉弄眼地跑了过来，周哲刚搬过来的时候为了打好关系请他抽过几包好烟，这小子便把他当成自己人了。

"什么？"周哲不解地看了他一眼，"你又不是不认识她，就住这小区的，我对面的那个单元。绿长裙长鬈发，长得很可爱。"

"哪有的事，"小保安学着他的语气，"绿长裙的，长鬈发的？我在这里守了几年，从未见过你说的这个人。"

这次换周哲无言以对了。

"我要迟到了。"他如是说。

说起来周哲连自己都快搞不清，躺在身边的人到底是谁了。

她似乎每天都有细微的变化，时间一长就换了个样子，就像那株小芽儿，今天冒个叶子后天长个枝条，慢慢就长成铺天盖地的藤蔓。

不过周哲倒是能记得她的眼睛，微微有些上翘，看着他的眼神总是甜腻而又深情的。

这点总是不会错的，除了青蒲外，谁也没有那样的眼神。

"小伙子，你到底上不上车啊，在这里站了半天，发什么呆呢？"一个老太太用胳膊肘拐了他一下，周哲忽然回过神来，一辆27路公交车刚起步，拐个弯子就要消失了。

看来今天是又要迟到了。他狠狠地敲了敲自己的脑袋，又发呆了，再这样下去非要被炒了鱿鱼不可。

最近除了爱贪睡，也一直发呆，常常不知道为什么就陷入了自己的神游世界中难以自拔，如是没有人管他，愣上四五个小时也一点儿都不奇怪。

最严重的是，他发现自己有些分不清楚神游和现实了。

这些乱七八糟的毛病，都是青蒲来了之后发生的。

她爱哭爱撒娇爱吃醋，偶尔像个小姑娘般捉摸不透，偶尔又像个成熟女人风情万种，她的声音开始又尖又细，现在却越来越甜腻可人，变化最大的莫过于她的发丝，也就三个月时间，几乎都拖到腰间了。

镜花物语

这还算正常人该有的吗？

周哲也不是没有觉察到那些不妥，只是他真的很爱这个女人，爱得有些不能自拔了。在他看来，她就是有些跟别人不一样罢了。

❀只要有你的爱就足够我俩生存了❀

"周哲，你又在发呆。"

头上挨了不轻不重的一下，周哲发现自己已经在公司了，而且又不知道什么时候进入了冥想状态。

"你脑子里面装的都是豆渣吗？"大 BOSS 不知道什么时候出现在他面前。

"一周迟到三天，上班就发呆，我请你来发呆的吗？"

他愣愣地看着大 BOSS，一句话也插不上。

大 BOSS 才四十多，就已经秃了顶，听别的同事说用了不知道多少药和特效洗发水，硬是不见效果，其实不如问问青蒲好了。她的头发长得可快了，不过她从来不用洗发水，也不用沐浴露，说都是化学药水。她也不怎么吃东西，除了最爱的糖葫芦，通常就吃一丁点儿蔬菜和水果，貌似现在女孩子为了保持身材都吃那么少，还有窗外那藤蔓也是，明明种在没有营养的水晶砂中，浇一些纯净水就能长得那么茂盛，真是奇了怪了。

"只要有你的爱就足够我俩生存了啊。"

青蒲总是把那藤蔓和自己一起称为我俩，仿佛他们是一体的，或者是亲姐妹，偶尔周哲抱怨她吃得太少的时候，她便会如是说。

周哲真的觉得她太好养了，虽然她并未出去工作，但是吃得很少，也从未像别的女生那般买名贵衣服和香水，大多数时候她只是安安心心地待在家里靠在窗户上发呆罢了，在周哲的印象中她真的从未买过什么，几套绿衣裤裙子也是从自带的那个藤条箱子中取出来的，还有那些绿色的毛巾毯子拖鞋。

她真的很喜欢绿色。

不过她的一切仿佛就那么些了，甚至也从未听她说起过家人和朋友。

"它就是我朋友，而你就是我的家人啊。"周哲记得有一次问过她，她便笑嘻嘻地指着窗外的那些藤条一本正经地说。

想到这里他忍不住笑了，这丫头在家还真的就像是一株植物般那样。

"周哲！你他妈真的不想干了是不是？我现在就炒了你这个老年痴呆！"

一声怒喝，周哲惊恐地看见大 BOSS 怒气冲天的大脸，他才发现，自己在被教育的几分钟中，居然又走神了，而且还是在大 BOSS 的眼皮底下。

"给我滚，就现在！"

几张钞票随着一个信封被甩到了他的脸上，周哲明白，自己被炒了。

◈你又忘了给它浇水◈

周哲一个人沿着河边走了老远，也没想到该怎么办。房租只交到下个月，平时胡乱地花钱也没能攒几个，失业已经两周了，也投了不少简历面试了好几家，却是一直没有收到回音。

若你是面试官，你也不会用一个在等待面试的时间中发呆而没有听到自己名字的人。

青蒲仿佛从来不会去工作，她依然每天无忧无虑地趴在窗台上发呆，缠着周哲撒娇或是要求十串糖葫芦，再不然就一直不停地讲话——今天楼下经过了几个人，穿红衣服的有几个，打伞的又有几个。

镜花物语

"你烦死了！"周哲终于忍不住冲她大喊了一声，甩门而去。

他伸手狠狠地掐了自己一下，免得自己又想出了神，顺着这河流走到大海边去了。

周哲想起自己那天回家后，就是他被炒掉的那天，他的心情坏透了，回家后看到那女孩子正扑在窗台上跟她心爱的藤蔓说话。

"嘿，亲爱的你回来了啊。"听到门响，她跳下床来，扑过来搂住他的脖子，"你又忘了给它浇水。"

"对不起，我忘记了。"他揉了揉女孩子的头发，往屋里走去，他更想躺一会儿。

"可是你答应过我会好好地呵护它的。"青蒲嘟起了小嘴。

"我很累丫头，以后我会记得的。"

"你明明答应过……"

"我忘了难道你就不能浇一下水吗？你不是那么宝贝它的吗？你有时间跟我唠叨浇水干吗不自己去动一下手？"周哲只觉得烦透了，他打断了女孩子的话，恨不得耳边清净得一点儿声音都没有。

屋子里果然立刻就安静了下来。

似乎从未听过他用那么重的语气跟自己说话，青蒲先是愣了一下，然后一声不吭地抱着自己的膝盖蹲下了。

周哲心烦意乱地坐在床边看着发脾气的女孩儿。

"又要什么脾气啊小姐……"

话音未落，他看到女孩子的肩头轻轻地抖动了起来。

"你怎么、怎么哭了……"本来语气还很硬的周哲忽然就软了下来，急忙地搂过女孩儿，"对不起丫头，我、我只是心情太差了而已，我……我被炒了。"

"可是你从来没有对我那么凶过。"她一边抽泣一边说。

"对不起，对不起。"他急得手足无措，"我保证没有下一次了。"

"真的？"女孩子勉强停住了抽泣，抬起头来看着他。

"真的！"他肯定地回答。

但事实证明，他的脾气越来越差。

周哲曾经努力地控制自己不走神发呆，也努力地使自己对耳边的喋喋不休充耳不闻，一旦失败便更加恼怒。

他的疑心也越来越重，他不明白为什么自打那些藤蔓长起来后他就不受控制地发呆，更不明白为什么他的青蒲跟别的女孩儿不一样。

也或许只是因为他的人生中从未遇到如此大的挫折。

又沿着河岸走了百来米远，周哲叹了一口气，决定还是回家去，希望家里的大小姐已经发完脾气。想到这里，他还特地去街口买了两串糖葫芦。

不管怎么说，日子还是要继续过下去的。

悠了半天悠回小区，小保安在门卫室里面打着瞌睡，周哲也懒得多看他一眼，径直往回走，家里窗户前的那片蔓藤即使隔老远也能看得见。

不过他倒是觉得藤蔓的精神大不如前了，大概是因为太阳太毒天气太热的缘故吧。

"丫头，我回来了哟。"

屋里没有开灯，但勉强还能看得清楚，周哲也没有听到声音，他奇怪地扫视了一遍屋子，却半个人影都没看到。

"丫头？"真是奇怪了，平时她不会随便出去随便乱跑的啊，"我给你买了好吃的哦。"

"你又忘了给它浇水了。"

忽如其来的幽怨声音把他吓了一大跳，本以为屋子里面没有人的，周哲拍着自己的胸口，这才看见青蒲站在被遮了光线的窗前，和藤蔓窗帘的影子差点儿就融为一体了。

"你站在那里做什么？吓死我了！"他忽然气就不打一处来。

"你答应过我会悉心照顾它的。"女孩儿的声音有些沙哑，身形也无精打采的。

"够了！"周哲只觉得压了两周的火气噌地冲上了脑门，他顺手将两串糖葫芦往地上一扔，几乎是用吼的了，"你到底有完没完，不就是一株破草吗？"

女孩儿被吓得够呛，立马就抽泣了起来，大滴大滴的眼泪顺着腮帮子一个劲地往下滑。

"哭，哭，就知道哭，整天待在家里什么都不做，就知道撒娇和给人添麻烦。"他烦得要死了，那一刻猜疑和压抑全部涌上脑子来，看见桌上的大剪刀，顺手就抄了起来，"不就是株破草嘛，又遮光又招蚊子，黑压压的，压得人心中发慌，我今天就剪了它，看看是不是会少只胳膊什么的。"说罢就冲上去一阵乱剪。

藤条本来经过这段时间的照顾已经长得厚实又稳当，将半个窗户遮得紧密严实，可是这几天却无故稀疏了些，剪起来也顺畅了许多，加之他本不为修剪只为发泄，于是不消一分钟的工夫，便差不多去了一大半了。

"不要啊。"女孩子哭闹着抱着他的手臂，"不能剪，不能剪，你说过要好好待它的。"

剪刀没有规律地乱舞着，青蒲的头发和那些藤条缠在一起，几乎就要伤着人了。

"叮叮！"

手机忽然发疯般响了起来，声音仿佛从未有过的大，勉强让周哲住了手。

"喂，是周哲先生吗？我是××公司人事部，通知你已经被我公司录取了，但是需要参加一个强化培训班，地点在××路××号……"

"好的，我这就去。"他打断对方的话，挂断了电话。

青蒲脸色发青地跌坐在地上，一丝血色都没有，仿佛经历刚才那场摧残的是她而不是那些藤条。

周哲从衣柜里面抽出几件衣服装包，又顺手拿了几本书。

"你要去哪里？"

"要你管。"

"那我怎么办？"

"爱干吗干吗，要不从哪儿来，就回哪儿去。"

大门在身后发出沉闷的一声，重重地关上了，周哲提着包，大踏步地走了。

❖丫头，我回来了❖

周哲没想到这个培训班一上就上了一周。

开始他还恨恨地把手机关着，隔了两天又忍不住打开来看看有没有短信和未接电话，再后来看见什么都没有又赌气般地把手机关掉了。

好在这次一起培训的新同事明显地和善好相处很多，周哲觉得认识了这些新朋友后，他那爱发呆的毛病渐渐好了起来，甚至消失了。

只不过想起那个小丫头被吓得瑟瑟发抖的样子，他便心生一股负罪感来，也不知道那丫头现在怎么样了。

罢了，明天就可以回家了，一定好生跟她道歉，再哄她开心。

他如是想。

"丫头，我回来了。"怀抱着二十串糖葫芦，才走到三楼，周哲便扯开嗓子大声喊。

然而却无人回应。

待掏出钥匙开了门，他忍不住倒抽了一口冷气。

窗户还开着，那把剪刀斜斜地挂在窗户上，枯败的藤条四处耷拉着，地上摔坏的两串糖葫芦化成了糖水，露出的山楂都发了霉。

一切都保持着一周前的样子，却偏偏不见了那个女孩子。

"丫头，丫头你在哪儿？"周哲急得东西扔了一地，从不出门的孩子，也从未听过她说起自己的家人和朋友，可现如今又去了哪里？

屋子里从没有过的安静，连风都吹不进来，光秃秃的窗户对面的天台上窗户紧闭着，窗帘上积着厚厚的灰，也许久没有人居住过了。

她走了。

周哲觉得心被掏空了一半那么难受。

不发呆以后，新工作很快上了轨道，因为实在是和新同事相处得融洽，周哲决定搬到离公司近一点儿的地方去住，反正他也很久没回那个顶楼而赖在公司宿舍一段时间了，本来他也没多少东西，几件旧衣服几套书而已。

只不过他的心中总是觉得空落落的，仿佛丢了什么重要的东西。

周哲总是对自己说，只要不去想，慢慢地就会好起来，可是一踏进那老房子的大门，心就忍不住往下沉。

青蒲果真就没有回来过，仿佛那个爱穿绿衣服的女孩子就从未在这里出现过。

除了那窗台上已经枯败的植物。

本来已经长得筷子那么粗的藤条凌乱地堆在窗台上，每个断痕都是他亲手剪断的血淋淋的伤口。

周哲有些痛苦地将那些藤条拨到一边，意外地看到最下面那个碧色装着水晶砂的小花盆还在，更惊喜的是，那剩下的一株短短的根茎，虽然有气无力的，但很明显地还活着。

小小的短根茎上还勉强地留着一片小小的叶子，很像当初刚在天台上发现的样子，只不过那时候它还挣扎往上爬，可是现在却仿佛没了生机。

"唉……"周哲忍不住叹了口气，看着这小根茎，伤心事又未免被勾了起来。

罢了，还是把它送回天台吧，从哪里来，就让它回哪里去吧。

天台上的边角依然长满了青苔，却不知道什么时候那些长在窗台上的蔓藤已经爬到了天台上来，居然满满地挂了半个屋顶！只不过大都枯败发黄了。

天啊，周哲觉得这个世界简直太疯狂了，从未想过当初那只细细小小的小芽儿居然能迸发出那么强大的生命力，那只小小的花盆繁衍出了那么多的枝条。

整个天台仿佛笼罩在那些已经枯败了的藤蔓之下，看起来那么不真实，里面层层叠叠的，他转了几下才分清楚方向，却不小心踩到一块青苔滑倒了。

本来天台上就被藤蔓遮得快不见天日了，倒下去更是分不清东南西北，周哲疼得站不起来，勉强在地上挪动了几下，听到不知道从哪里发出来的细微的呻吟。

这声音真的是再熟悉不过了，偶尔那小丫头吃糖葫芦吃坏了肚子，也会这样细细地呻吟。

难道青蒲就待在这个被藤条覆盖的天台？

❖这次再也不会让你离开我了❖

"丫头，丫头，你可在这里？"

听到他的声音，细微的呻吟忽然断了，四周又安静了下来，周哲急得不得了，跪着拖着摔伤的腿在乱七八糟的藤条中穿梭着，寻找声音发出的地方。

"丫头，你在哪儿？回答我啊，是我错了，这次再也不会让你离开我了。"拨开最后一层藤条，周哲终于看到他魂牵梦萦的姑娘。

青蒲依然穿着那套绿色的长裙，却不知为何身上都是伤痕，有些地方还腐烂了，血淋淋地翻着，更奇怪的是，她的手脚仿佛跟藤条纠结在一起，绿色的长裙更是彻底融化成巨大的藤条，她躲在一堆软软的藤条中，万分惊恐地看着来人。

"丫头，你怎么在这里？为什么有那么多的伤口？丫头，丫头你不认识我了？"周哲使劲儿地眨了眨眼睛，或许他对于这一幕也并不觉得奇怪，更或许，这些都只是他的臆想。

女孩子只是一个劲地往后退去，仿佛不认识他似的，瞪大的眼睛中全是惊恐。

"丫头，是我错了，我错了。"周哲伸长了双手，将女孩子紧紧地搂在怀中，仿佛怕她一不小心就又消失了似的。

"你……"青蒲的声音听起来很奇怪，沙哑又粗糙。

"是我，我回来了。"

或许周哲从未想过这快一月的时间里这个女孩子去了哪里，为什么现在会躲在这里，还带着一身很奇怪的伤痕。

他只是紧紧地搂着女孩子，连呼吸都小心翼翼的。

"你说过，会细心呵护的……"

"是的，是的，是我答应的，我错了丫头，原谅我好不好？"

"你还会……还会走吗？"女孩子的声音不仅模糊，还断断续续听不清楚，仿佛从很远的地方传来。

"不会了丫头，不会了。"他咬紧了牙关，赌咒发誓般，"既然找到你了，就再也不会和你分开了。丫头，丫头？你的身体为什么那么冷？"

抱着的身体仿佛不像以往般温软柔软，冷冰冰没有温度，就像抱着那些冰冷的藤条。

"是啊，冷……"她依然只发出模糊的声音。

"没事的丫头，我抱紧你，很快就暖和了，要不，我带你下去洗个澡包扎伤口，再吃点儿东西？"周哲蹒跚着想要直起身子，却被扯住了身体。

"不要……"怀里的女孩儿忽然用力地抱住了他，"不要走。"

"好好，我不走。"他只觉得昏昏沉沉的，那些枯败的藤条遮住了阳光，也遮住了理智。

"睡，睡……"女孩子低声嘀咕着，仿佛有催眠般的魔力。

"好……睡一会儿。"

周哲觉得自己似乎是被一个什么东西包裹了起来，软得跟被窝一样，非常温暖，刚好困得一塌糊涂，干脆就舒舒服服地睡一觉。青蒲跟往常一样，蜷着半个身子躺在他怀里，床上到处都是她的头发，一不小心就会踩到一堆。

真幸福，现在工作也解决了，舒舒服服地醒来就去上班，回来的时候多买些糖葫芦，丫头最爱吃了，还有还有，窗台外面的藤条实在是长得太好了，虽然有些烦，但是丫头喜欢嘛，走的时候一定要记得浇水。

想到这里，周哲懒洋洋地打了个哈欠，睡吧，睡吧，就算这些只是自己的臆想，就算这些只发生在神游中，也没有关系的。

◈青蒲◈

"喂，你在这里做什么？"

据说因为好几天没有看到这个爱发呆的小伙子，门口的小保安一时兴起便找了去，却发现门窗大开，人却不见了，找到天台上却发现这患有臆想症的周哲正躺在青苔上睡得正舒服，头顶上和脸上都是苔藓也不知道，双手紧紧地抱着自己的一件衣服。

"喂，我说你，醒醒啊，这里你也睡得着？也不怕被太阳晒死啊？"

小保安吓坏了，以为出了什么大事或者是命案，着急地扑过去，使劲儿地唤着他："喂喂，你再不醒谁请我抽烟啊？"

"嗯？吵什么？"

听到那人终于发出一个微弱的声音，接着是一个惬意的懒腰，小保安这才放下一颗心来，实在是忍不住上去便是几拳。

"我让你睡，让你睡，还睡在这里，你吓死我了知道不知道？"

"你在吵什么啊？"周哲伸着懒腰，嘴角的苔藓便掉了下来，"我怎么在这里？青浦呢？去哪儿了？"

"你在说什么啊？"那小保安啼笑皆非地看着他，"做了什么梦呢？醒来还在叫姑娘的名字？你再睡下去，我看就快报警有人睡死咯。"

周哲迷茫地看了看四周，天台上满是苔藓，一株细小的芽儿被自己压在身子下面已经死去了，周围安安静静的，除了自己便是那个小保安，既没有藤蔓，也没有青浦。

"喂，我的青蒲呢？"他神经兮兮地看着小保安，然后一瘸一拐地跑下楼，在屋子里乱七八糟地翻腾着，一边叫着那个名字，"青蒲，青蒲？你在哪里，回答我！"

凄厉的声音慢慢地传遍了整个小区，然而只是空荡荡的，并无人回应，对面的天台屋空落落满是尘土，屋里的阳台上也是干干净净没有藤蔓的影子，甚至连那只小白玉花盆也消失得那么彻底。

这么说来，真的是自己的梦？

周哲愣在了原地，难道绿衣服的女孩子、那爬满防护栏的藤蔓，还有那海藻似的长发，这一切一切都只是梦而已？

"我说你这个人啊！"小保安也气吁吁地追了下来，"脚又没红没肿，你瘸着干吗啊，装矫情啊？还有，看着对面天台屋干吗，那只是个仓库，没人住的，你犯傻难道我还不清楚吗？这小区住的每个人都会在物业那里登记，哪有你说的那个人啊……"

"知了……知了……"夏日的蝉使劲儿地叫着，仿佛在填补周哲心中无限的空虚，他望着墙上那早就停止的挂钟，凭空叹了一口气。

反正也不知道现在是什么时候，或者哪些是真的，哪些是梦，还不如，还不如就睡着好了，反正那些梦，那些梦也很美。

小保安目瞪口呆地看着那个刚从天台睡醒的人，在屋子里发了一通神经后又躺下了，抱着枕头几乎是以最快的速度进入了梦乡，然后嘴角绽出了愉快的笑容。

"神经病！"小保安狠狠地唾了一口，然后合上门下了楼。

应小苔笔记

这个故事写在我离开父母独自居住的第一年。

那时我住的刚好是一个顶楼，窗台上光秃秃的，我特别想在阳台上种上藤蔓植物，这样子夏天一定能凉快上很多，只不过也真的只是想想，因为阳台上并无泥土，也没有花盆，房东太太就住在下面，我也不可能太大刀阔斧地改造。

所以我就写了这个故事，每个姑娘一开始都因为自己的独特被爱，也不知道这点独特最后是不是就变成两个人之间最大的嫌隙。

枯木桃生

只有你抱我我才能维持着人形，
要不然就只能当个脏兮兮的木桩了。

❖滚滚❖

不知道什么时候，屋外的角落里，出现了一截枯木。

是这样的，屋外的阳台下大概有半人高的一个低檐，有时候会放一些杂物什么的，虽然我平时从不关心那里放了些什么，但是忽然就被腾空了，还放了一截怪怪的枯木进去，也真的是挺奇怪的。

当然若不是因为滚滚，我也不会多留心那样难看的一截枯木的。

枯木大概也就半人高，估计是个靠近树根的位置，刚好斜斜地占满了那个小空间，像一个雄厚男人的后背，几根树干张牙舞爪地支在两边，简直难看到了极点。

但是我那条同样丑级了的小狗滚滚，却好像对它很感兴趣的样子。

某天我带它去溜弯儿时，平时一向温柔惯了的滚滚挣脱了我的绳子，一口气冲到了那个低檐下，隔着老远都能看见它兴奋地摇着光秃秃的小尾巴。

莫不是那里有什么好吃的东西？

为了防止它吃下什么奇怪的东西，我赶过去的时候看见了那截丑木桩，我的丑小狗就围着它拼命地摇尾，热情得不得了。

"喂，臭狗，你要不要跟我去玩啊？"

平日里对"玩"字特别敏感的小狗却连头都不回地继续绕着那丑陋的木桩。

"喂，再不走我可生气了，没收你所有的牛肉干！"

听到它最爱的东西，小狗犹豫了一下，然后才一步三回头地跟着我走开了。

我搞不懂那截木桩有多大的魅力，搞得我的笨狗那么着迷，自从那日之后，每次一出门它定会立即奔向那截木桩，摇着尾巴玩上好一阵子，然后在我的威逼利诱下依依不舍地离开，仿佛是比遛弯还要好玩的事情。如此几天下来，我便干脆开门让它出去跟木桩玩耍，倒是省下了一大堆时间宅在家里。

不知道大家能不能理解那种感觉，坐在自家的阳台上一边喝水一边看小狗跟一截枯木玩耍。

可笑至极也可爱至极。

只不过很快我就跟这些欢乐绝缘了。中秋之后，天气忽然就凉了下来，刚巧这时候公司又接了一大笔订单，又那么刚巧分配给了我所在的小组，虽然要连续加班很久，但是想到有那么可观的一笔提成，再苦也都值了。

还好我只是一个人住，父母在遥远的家乡，也并无兄弟姐妹的牵挂，所以晚归与否，甚至于不归，都不会有人念叨。不过就苦了唯一陪伴我的小狗滚滚，早出晚归，不能多陪它玩了，只能隔着阳台的围栏往外看，确实蛮可怜的。

◈枯木

"我去上班了哟。"我一手拎着文件，一手拿着热包子，对着躺在沙发上睡觉的滚滚说。

"呜……"原来还在睡觉的小东西听得此话,忽然从沙发上跃了起来咬住了我的裤腿。

"乖啦,松开,我要去上班,才能给你买牛肉干啊。"

"噭呜!"它依然咬紧了我的裤腿,小尾巴一个劲地摇,一双黑豆似的小眼睛闪着可怜的眼神。

"哎,我知道我最近没有带你出去玩,可是不上班也不行啊。"

"呜呜!"它仿佛听懂了我的话,有些忧伤地趴下来,将头埋在两爪之间一副很伤心的样子。

不知道为什么,见到它那个样子,我忽然就心软了,看着它可怜兮兮的样子,脑子里就忽然冒出了一个可笑的想法来。

反正也不是什么很大的事。

想到这里我不再犹豫,挽起袖子便出去将楼道下面的枯木抱了起来。

木桩放在那里不知道多久了,根部被雨水泡得有些腐烂了,那样脏兮兮的样子,居然像极了一个落魄的书生样子。

"原来这个东西是你的啊。"

楼上下来买菜的大妈怪异地看了我一眼,接着又换了一个慈爱的面容看着我说:"以后不要乱丢垃圾哦。"

天啊,在别人看来,我就是个把大型垃圾往家里搬的人。

不过也没有什么关系了,为了我的小狗狗,我就丢一次人好了。

"喂,这下你可开心了吧?"

房子是租来的,小客厅空空荡荡本来就没有放什么东西,把那木桩往墙角一放,还颇有一些根雕艺术品的味道。

"汪汪!"欢乐的小狗立即不再一脸可怜,围着那截木桩绕起了圈子,压低了腰叫得那叫一个欢腾，根本不再理会我这个主人了。

"谢谢你陪滚滚玩。"我将木桩搂在怀中抱了一下，便急忙上班去了。

❖身影❖

这个世界上最残酷的事，莫过于天天加班了。

念书的时候曾经觉得早晚自习也是不可忍受的，但浑浑噩噩总能度过，可是加班就不一样了，每一秒都要满满做出东西来，根本不是可以蒙混过关的。

连续加班一周后，也刚好连续降了一周温，周五深夜回家的时候被冷风吹得差点儿跪下，半迷蒙着眼睛走回家躺下时几乎是累得再也不想动了。

"呜呜！"滚滚趴在床边难过地看着我，仿佛在安慰我似的。

"没事，没事，你不要担心我。"我赶紧回应它，感动得差点儿要哭了。

"呜……"它更委屈了，小爪子一个劲地扒着床沿，可怜极了。

"糟了！"我一拍额头，这才想起来，它应该不是在担心我，只是在担心没饭吃罢了。

"好了好了。"我只好起身给它拌狗粮去。

客厅里面黑漆漆的，没有灯光，光靠冰箱微弱的光线勉强照明。明明记得还剩下两罐的，却怎么也找不到了。

"喂，你的狗罐头放在哪里了啊……"我一边在冰箱翻找，眼角却不小心瞟到墙角飘过一个黑影，发出了一个轻微的声音。

仿佛是有什么东西躲在墙角，在静悄悄的客厅中显得特别明显，我背心里密实地起了一阵汗，瞬间就僵硬了。

不过我身边的小狗依然欢乐地摇着尾巴，一点儿没有发生了什么的感觉。

镜花物语

"谁在那边？"我鼓起勇气打开灯来。

墙角那边只不过静悄悄地立着那截木桩，什么影子啊，声音啊，什么也找不到了。

而我的小狗，叼起自己没有拌肉的狗粮饭盒送到了木桩的面前，仿佛在邀请它跟自己一起用餐。

"它不会吃你的狗粮的。"我打了个哈欠，头疼一阵一阵地袭来，于是便不再管它，自顾自睡觉去了。

◈书生◈

一个人住的好处是安静且没人管，坏处便是生起病来无人问津，连个递热水的人都没有。

我并未觉得那天和平时有什么不一样，因为连续两周加班，早出晚归，于是就那么病了。

一夜做了些乱七八糟的梦，忽冷忽热了好一会儿，被子仿佛变得千斤重般压在了身上，却又死活醒不过来。

"这么烫了，吃什么药才好？"

尚在梦中挣扎，额头上感觉被覆上了一块冰冷的东西，一个温柔的声音在我耳边嘀咕着，还有翻动抽屉的声音。

完了，莫不是有什么怪东西趁我睡着了出来捣乱吧。

勉强睁开了眼睛，看到一个身影在屋里忙来忙去，翻着抽屉仿佛在找什么东西。

"对了，应该是这个了。"他拿出一个什么小瓶子看了看，又自言自语地说了句，顺手端过半杯热水，要放在床头。

这是个我完全不认识的人，我确定。

镜花物语

"你是谁，你在这里做什么？"

大概是因为没有想到我这么快醒过来，那个人被我一吓，手中的东西也顺势落在地上，接着一眨眼，人就不见了。

就算是我眼花了，可额上的毛巾和打翻在地上的水杯和药瓶总不会错了吧。

四周静悄悄的，连呼吸声也听得很清楚，窗户被开了一条小缝，有新鲜的空气进来却又不会太冷。

看来这个不知道的什么人，心肠不算太坏，不是来害我的。

地上的水渍顺着地板一路滴出了卧室，看来那杯水泼得正好，那个人身上也就留下了水渍。

还不被我抓个现行？

或许是我昨晚没有留意屋内变化，地板不知道什么时候被擦得干干净净的，茶几上一丝灰尘也没有，垃圾桶里面丢着一个空掉的狗罐头盒，甚至连卫生间的马桶也洗得干净透亮！

这到底发生了什么？

见我走出来，滚滚从它的小窝里面睡眼蓬松地走了过来，水渍消失在狗窝旁边，而它面前的那个狗饭盒里面居然拌着香香的牛肉罐头！

"喂，你说，是不是你？"我狐疑地看着那傻狗，指着那拌好的狗粮问它。

笨狗看了看我，又看了看我指着的狗粮，忽然明白过来似的，欢乐地扑过去搂住了狗窝旁边那不起眼的木桩。

那木桩就像一个落魄书生的背影，被滚滚一扑，顺着墙角倒下来，那姿势就更像一个男人了，不对，不是像，完全就是一个男人的样子！

"啊！"木桩小声呻吟了一下，居然就那样子活生生地变成一个人的样子！

"你是谁？"我努力克制住自己不尖叫出来，手忙脚乱地想要往沙发后面躲。

"我……我是桃生……"那个人不敢抬头，躲在墙角小心地抬起眼角偷看我，样子像极了一个委屈的小书生。

"你你你……"努力让自己的声音不颤抖，我心里瞬间冒过一百个想法，却一个字也说不出来，只能目瞪口呆地愣在原地。

"我就是你带回来的那截桃木……那截被你带回家的木桩。"他慢慢地抬起头来，一双眼睛亮晶晶的，居然也是眉清目秀，梳着一个道童的发髻，身上的衣服脏得看不出颜色来，却一点儿不失英气。

"你、你在我家做什么？"

"不是你把我带回来的吗？"他一脸无辜地看着我。

"可可可……"

"可你这屋子实在是太乱了，滚滚又老没东西吃，我实在是看不下去了，所以给你收拾收拾，喂喂小朋友什么的。"说罢，他伸手摸了摸滚滚小朋友的头。

浑蛋，难道这一切都还是我的错不成？

"那到底如何嘛！"我伸手抢过背叛我的傻狗滚滚，搂在怀里抱紧了，大有一副相依为命的样子。

"我只是想报恩。"他继续用那无辜的眼神看着我。

"报恩？"我才是一头雾水，这是演的哪一出啊？

"我本为一千年桃木。"他低头沉思了一下，"在一道观外受人香火，听那些牛鼻子论道久了，便有了七情六欲和五官六感。"

"编，你就继续编。"我扁了扁嘴。

"后来有一天，在我即将悟成得道之时，观中老道打瞌睡碰翻了油灯，一场大火将整个道观烧得精光，火势蔓延起来将整个院子也席卷了，可怜我已有了感官，却又道行差一步不能成人形逃走，只能活生生任由火烧，最后剩下一截枯木，落在废弃的院子中。"

这个叫桃生的男人一边说，一边用双手抱紧了自己的肩头，眉毛挤成了一堆，仿佛昔日的痛苦还在扩散，不曾离去。

"你就不要想那么痛苦的事了嘛。"我想了想，也不知道怎么安慰他才好，于是只好转移话题，"那你又怎么跑到我家楼下来了？"

"那也不是我想的。"他翻了我一个白眼，"你到底要不要听我讲下去啊？"

"当然要听咯！"姑且不论这故事的真假，倒也是蛮有趣的。

"那就不要打断我嘛。"他伸手拉过滚滚的狗窝垫在屁股下面，舒舒服服地坐下来了。

"是这样的嘛，那日我躺在院子中，即将灰飞烟灭之际，观中三清老祖怜悯我，将我的元神保存在了所剩无几的身躯中，让我经历人间百态，自行参悟得道。"

"哦……"见他看着我，于是便应了一声，心想是你叫我不许插嘴的。

"于是我被砍柴的樵夫带到了集市卖掉，差点儿再次命丧火场，后来又被附庸风雅的儒士看中带走，最后又因朽腐不能雕便丢弃于角落，甚至还在皇宫的御厨房待上过那么一阵子，辗转反复，连我自己也不记得走了多远走了多久，总之有一天就被放在了你家楼下。"

"然后呢？"

"然后你将我带回家，免我日晒雨淋，免我孤独无依，自当要报答你。"

"我只是要你陪滚滚玩。"

"那你为什么要抱我？你一抱我，心中一动便化为了现在这个样子了。"

"等等……"我有些头晕目眩地看着他，"你都在讲什么故事？"

"不是故事，我要报恩。"

"胡说！"

"我要报恩！"

"闭嘴！"

镜花物语

天晓得我为什么会相信这样子的故事，小时候虽然听过田螺姑娘的故事，但是从没有人告诉过我还有桃木少年啊。

❖报恩❖

不管我能不能接受这个事实，那一截号称是桃木的男人就在我家客厅打了个地铺，搂着我的狗住下了。除了每天收拾屋子和拌狗粮，他最感兴趣的就是厨房里面那些锅碗瓢盆了。

"家里那么多东西，你都不做饭吃，却要叫那些什么外卖。"

他吃着我点来的比萨，还要一脸鄙视地看着吃得津津有味的我。

"喂，你要搞清楚，这是我的钱买的，你还好意思嫌弃！有本事你做给我吃啊。"我有些赌气地将他手中咬了一口的比萨抢走，递给一边垂涎三尺的滚滚，"不好吃的话，你不要吃呀。"

"哼。"他赌气地看了一眼吃个不停的我和滚滚，"等着瞧，我让你知道什么叫好吃的。"

说着，他便挽起那长长的灰色的烂袖子去了厨房，乒乒乓乓不知道在搞些什么，听说这截木桩曾经在皇宫的御厨房里面待过，可是我就不信他还会比萨不成！

"喂，你告诉我，这个怎么用啊？"我刚吃掉一块，他便举着我的电磁炉走了出来。

"喂，你不要乱搞啊，插头还插在插座上呢，你想死了是不是？"

"那你的厨房里面没有生火的地方嘛。"

"喂，现在是 2013 年，我们的厨房早就不用生火了。"

说是这样说，可是那个傻乎乎的桃生还是学会了电磁炉、电饭煲和微波炉，甚至还有我都搞不懂的烤箱。

"电这个东西还真的很方便。"某天我下班的时候，他如是跟我说，然后端了一碟炒好的蛋炒饭给我，非要我吃两口。

"你家难道就只有大米和鸡蛋吗？"

"我又不会做，买那么多在家等着烂吗？"

"那你给我钱。"他一边说，一边理直气壮地向我伸出了手。

"要钱做什么？"

"买衣服，买吃的。"他更理直气壮了。

"买那些做什么。我不要你做那些的啦，我自己会买吃的。"

"哼，我说过我要报恩的。"他赌气似的指了指外面，"再说了我一出去，外面那些人总是笑我穿得奇怪。"

罢了罢了，谁叫我吃了他的蛋炒饭呢？我从钱包里面抽出几张毛爷爷给他，恨得咬牙切齿地看着他说："老子挣钱很辛苦的，你给我省着点儿花！"

不过这碗蛋炒饭的味道还真的不错。

❀回家❀

"我若是不报恩的话，是又会变成木桩的。"一边敲着文件，一边不知道为什么脑海中又冒出了这句话。

想起他说那话的表情，我就忍不住恨得咬牙切齿，我一个姑娘家独自住在那屋子中，他一个男人来凑什么热闹？而且也不知道是人是木还是其他的什么东西，甚至我也没办法告诉谁谁说我捡来的木桩变成一个清秀的男人。

这些都是什么啊。

我有些烦恼地抓了抓脑袋，这都发生了快一周了，可我还不知道如何去解决这个问题，尤其是每天下班回家看到收拾得干净整齐的屋子，花样百出的饭菜糕点，脑子瞬间就不够用了。

"发了一天的呆了，事情还没做完，你是不是不想下班了啊。"头上不轻不重地挨了一下，小李似笑非笑地看着我，身边的同事果然已经走得差不多了，墙上的大挂钟上准确地显示着六点一刻。

一天又这么过去了，我看着手上没做完的事，头又疼了起来。

"经常熬夜所以才会长痘，你今日早些回家，我与你熬些银耳汤吧。"

脑海里面忽然响起了这句话，想到那甜甜的银耳汤，忽然有些把持不住地饿了起来。

那小子的手艺真的是一绝，不仅会做饭菜，甜点更是好吃得没话说，我不知道他曾经在那道观中是听佛经了还是去学厨艺了。

"小李啊，我今天有急事，剩下的你帮我做一下吧。"想到这里我再也坐不住了，将手中几沓材料往她手中一送，脚一溜就要跑。

"你该不会是谈恋爱了吧？"小李笑嘻嘻地抓住我的衣角，"不是发呆走神就是提前开溜。"

"你才是谈恋爱了。"我不由得脸一红，抓起包包就跑。

"看看，还脸红了，快去快去吧。"小李在我后背拍了一下，"约会一定要顺利哟。"

天啊，这都是些什么人啊。

按着发烫的脸，我一路加快了脚步往家走，其实就是贪嘴一点儿罢了，哪里是谈恋爱了，再说谁会喜欢家里那个不知道是什么的家伙啊。

"小姑娘啊，你面带桃花，要不要老道给你算上一卦啊？"一个翻着白眼的老头用竹竿拦住了我，晃了晃手中的罗盘。

"你不是瞎子吗？又如何见得我面带桃花啊？"

"这、这不是用眼睛，是天眼，天眼你知道吗？"

"我不知道，我要回家。"想着我的银耳汤，我根本不想和他磨叽。

"本道长说你有桃花，那你命中的桃花就一定在身边，小姑娘要会珍惜身边人啊，不要错过啊……"

一直走过街角的大拐弯，我才渐渐地听不见那老头子唠唠叨叨的言语。

开玩笑，桃花我才没有，烂桃木说不定还有一截呢，我这么大一个人，怎么还会相信这些话……这些话……

可家里不是真的有那么大一个……什么话嘛。

"丫头，你家在做什么啊，好香好香。"一边胡思乱想一边往前走，听到头上传来熟悉的声音，才发现自己已经走到家门口了，二楼的大妈站在阳台上笑眯眯地看着我，"你男朋友做菜真是好吃。"

楼道里果然弥漫着香香甜甜的味道，那小子定是做了不知道什么好吃的。

◈道别◈

"我回来了。"站在门口，我迫不及待地敲了敲门。

屋子里干净整齐，那个说要来报恩的木桩站在厨房里认真地摆弄着手中的面团，一边的蒸笼呼噜噜地冒着热气，昏黄的灯光在他头上渲出一个模糊的光圈，看起来是那么不真实。

"又不带钥匙，我锅里烧着东西呢。"他回头看了我一眼，笑容挂在脸上，"很快就好了，你先洗洗手休息下吧。"

小时候放学回家，爸爸也会这样一边忙着炒菜一边不忘叮嘱我先洗手讲卫生。

"你在那里笑什么？"见我靠在门边不肯走，他有些不解地看着我，"难道是菜有问题？"

问题倒是没有。我笑嘻嘻地看着他不想说话，小方桌上已经摆好了答应给我的一小碗银耳，还有一些小糕点。

镜花物语

"怎么做了那么多？"我一边问他，一边数了数桌面上的小碟子。

"把我会的都做给你吃一次啊。"

"急什么，以后慢慢做嘛，一次做那么多哪里吃得完？"

"今天不做，怕以后就没机会了。"他笑嘻嘻地说，人在雾气中若隐若现的，仿佛随时会化作青烟消失。

我心里咯噔响了一下，那一句淡淡的话语飘到耳边却不知为何那么难受。

"你说什么？"勉强地笑了一下，我小声地问道。

"我，可能要回去了。"对方的声音依然是笑嘻嘻的，却字字扣在心间。

"回到哪里？"压住心中不断翻腾起来的失望，我努力使自己的声音听起来很正常。

"你不知道维持人行很耗体力啊，我这所剩无几的道行怕是支持不久了。"他一边说，一边将蒸笼掀开，将几个小碟子放在了我面前。

糕点是金色的，散发着桂花的香味，被他的巧手捏成了一只一只可爱的小兔子、小鹿子，而中间，放了一朵盛放的桃花。

"昔日三清老祖曾说过，想要得道成形，我尚缺少机缘，所以才让我来经历这些爱恨情仇，然而如今能与你相伴，即使我耗尽了修为，也算值得了。"

说着，他伸手将我额前的碎发拂起，另一只手在我眼前挽了个手势，便生生地多出一枝桃花来。

"喏，送给你。"桃生将之别在了我的耳边，屋子里面便又凭空多了一丝幽香。

"别这样，搞得跟生离死别一样。"我咬了咬嘴唇，克制住像小兔子乱窜一般的心跳，言不由衷地说道，"不是还有滚滚陪我嘛。"

"你啊。"他笑了笑，便在我对面坐下了，半开玩笑地嗔怪，"你就不留我一下？害我说了那么煽情的话。"

"什么？"半块糕点噎得我差点儿没回过气来，"你敢骗我？拿我寻开心呢？"

"哈哈，看你那傻样，就知道吃，我逗你玩呢。"他笑嘻嘻地拍了一下我的头，将那枝桃花又顺到了自己的手中，别在了自己的耳旁。

"噗……"本来还想发个小火的，却发现自己的心忽然安稳了下来，幸好只是开玩笑，不然……不然就再也吃不到那么多好吃的东西了。

不过不知道是不是我的错觉，总觉得他那双本来白皙的手变得有些透明似的。

❀失落❀

又是一个周末到了。

早上睡得迷迷糊糊的时候听到楼下卖包子的老大妈拉直了嗓子大声吆喝，忽然惊醒就手忙脚乱地穿衣起床，才发现，今天根本不用上班。

好不容易有个周末的早上，却被我如此糟蹋了。

罢了罢了，反正也睡不着了，干脆就吃个早饭再带滚滚出去玩玩好了。

"桃生，桃生！"我一边揉着蒙眬的睡眼，一边喊着那截枯木的名字，"我想吃昨晚那种银耳，还有吗？"

客厅里静悄悄的，昨晚他把玩过的桃花插在客厅的小茶几上，听到我的声音却只有小狗滚滚跑了过来，撒着娇让我抱抱。

"桃生？"我又喊了一声，依然没有人回答，莫不是已经早起出去买菜了？

平时早上起来他总是做好了早饭给我，就算今天是周末，也不该不管我和滚滚就出去了嘛。

"呜呜。"滚滚咬了咬我的裤腿，将它吃饭的空饭盒推到了我的面前。

这个桃生真是的，不给我做饭就算了，也不管他的好伙伴滚滚了吗？我一边嘟囔着一边翻找着早些时候买的狗粮，却发现墙角只剩下一个空袋子了。

"呜呜！"滚滚摇着小尾巴看着我将空袋子捏得咔嚓响，转头又将空饭盒舔了一遍。

"算了算了。"我拍拍它的头，"桃生一定是看见你的饭没有了，所以才一大早出去买去了，我俩随便吃点儿饼干垫一下，他肯定很快就回来了。"

说着，我打开了电视机，翻出昨晚剩下的几块小糕点，跟滚滚一人一半地吃了起来。

想来我并不会做菜，总觉得太麻烦，之前都是吃外卖，为难好心的房东给我留了一厨房的炊具却沦为了摆设，当然没能想到有这么一个人能在满是灰尘的地方做出那么多美味的东西。

可是那个人某个周末早上离开后，却再也没能回来。

那天我跟我的笨狗滚滚一直在阳台守到天黑，桃生却再也没有出现，他那把备用钥匙好好地放在了冰箱上面，而人也好，木桩也好，却不知道消失去了哪里。

若不是小茶几上还好生生地摆放着那枝桃花和我整齐规划的厨房，我会认为那只是一个梦罢了，一个短短的、只维持了两周的梦。

❀银耳❀

年关将近的时候，家里打来电话说托人给我联系了一份工作，姨妈家二表哥的舅妈还给我介绍了个对象，为人憨厚老实，要我回家见个面，如果都中意的话，就把婚事定了。

这倒也好，我也不小了，在外漂了几年，什么雄心壮志都磨得差不多了，与其在外不温不火地耗着，还不如老老实实回家做孝顺女儿。

将滚滚的狗粮拌好，看见外面已经飘起了小雪，想起还有些东西没买，于是便裹了大衣出去。

"嗷呜！"它冲我摇了摇尾巴，表示送我出去，接着便继续埋头吃饭。

外面估计只有零下几摄氏度，只不过才五点多，昏昏暗暗的街上就没有行人了，我不由得加快了脚步，想在菜市场关门之前买些食材，要不等几天雪下大了，就不太好买新鲜蔬菜了。

"你啊，那么大个人都不会做饭，老是吃这些外卖怎么行？"那个人曾这样跟我说。

"你替我做了就好嘛，有你在我有什么好担心的？"

是啊，这都怪桃生，本来我吃外卖吃得好好的，他偏要做些好吃的东西馋我，让我再也不想吃那些垃圾食品，可是这个坏蛋居然就那么无缘无故地消失了。

只不过这几个月，我也勉勉强强地学会了做菜。

可是为什么我还是会想念他做的饭菜，想念……他？

他不过就是个来历不明的木桩罢了。

"姑娘，今天有银耳，你要买一点儿吗？"干杂店的老板娘叫住了我，笑嘻嘻地冲我挥了挥手，"你不是问了好几次吗？今天终于进到货了。"

"好啊好啊，问了好几次，今天终于有了。"我开心地跑进去，"我最喜欢吃银耳了。"

"原来也有个男生总来买，说家里有两个爱上火的馋鬼，只不过好久没见他来买了。"老板娘一边笑吟吟地替我称东西，一边拉着家常。

"是什么样子的男生呢？"

"白白净净的，不过说话有些怪里怪气的。"阿姨笑着将一袋包装好的银耳递给我，"早些回家吧，雪快下大了。"

说的肯定是桃生那小子了，我不由得会心一笑。也不知道他是从哪个朝代飘过来的，能够如此适应已经不错了啊。

连环画上的田螺姑娘不是报完恩就留下了吗，为什么我的桃生就那么消失了呢。

"喂，姑娘，你让让哦。"一个小伙计在身后喊我，"小心弄脏了你的衣服。"

"你放到门口就好了。"老板娘冲他摇摇手，"我叫阿毛买了些木材来生火，家里的小孩想吃烤地瓜。"

"老板娘真是好耐心。"我随口应付了一句，拿了我的银耳就走，那个叫阿毛的小伙计正把麻袋里面的东西往外挪，一只生火的炉子和劈材的砍刀已经放在旁边了。

"你哪儿去找的这么丑的木桩？"身后老板娘在跟叫阿毛的小伙计说话。

"管它丑不丑，好烧不就行了。"

"你看它背面还挺像个人形的，赶紧劈了生火吧。"

像个人？听到这话我心里咯噔了一下，急忙回头去，看到阿毛正举高了砍刀对准了木桩上的岔枝。

大概半人高的木桩，像一个男人雄厚的后背，几根枯枝张牙舞爪地支在两边，简直难看到了极点。

"等等！千万不要砍！"

那一瞬间我只觉得身边的一切都停止了，只剩下我的呼吸声和脚步声。

阿毛和老板娘莫名其妙地看着我像一阵风似的跑回来，从地上捡起麻袋，飞速地将木桩塞了进去。

"这个木桩、木桩是我的。"不等气喘匀，我丢下一句话，拖起麻袋转身就跑了。

"喂，姑娘你的菜……"

身后传来老板娘的喊声和小伙计莫名其妙的惊讶声。

◈重逢◈

是的，我也不知道为什么我自己会那么疯狂，我一直觉得我命里并不缺少那么一根木桩，或者说是这样的一个男人。

所以当我把木桩稳稳地再次放在客厅的时候，我觉得自己肯定是疯了。

滚滚表现得比我还兴奋，它拼命地用两只后腿站起来，然后将前爪紧紧地抱住了木桩。

"喂，臭狗你放开那个木桩，让我来！"我拉开那条臭狗，深吸一口气，闭上了眼睛，将那又丑又脏的木桩搂在了怀中。

只听到自己的心跳声越来越大，乒乒乓乓仿佛要跳出来了，那截木桩在我怀中仿佛是一个婴孩儿，隐隐地有了生命。

"你弄痛我了。"

怀中忽然一松，耳边传来一个熟悉的声音，再睁眼时那个人就好好地站在我面前了。

他看起来很不好，嘴唇冻得发紫，衣服破破烂烂地挂在身上，不过精神尚好。

"你去哪里了，呜呜……"眼见他好生生地站在我面前，本来憋着的一肚子话却一句也说不出来，只觉得鼻子一酸，搂着他便大哭了起来。

"你这个丫头啊。"眼泪模糊了我的双眼，只听他轻言轻语地安慰着我，一边轻拍着我的背。

"嗷呜！"滚滚也扑了上来，跟我们抱在了一起。

"没想到你那么想我，为我哭得稀里哗啦的。"他抚了抚我的头发，言语中似有笑意。

"才……才没有。"我一边抽泣，一边拉过袖子擦鼻涕，"是滚滚想你了嘛。"

"嗷嗷！"小家伙在一边摇着尾巴回应我。

"你真的没想我？"他还是那个样子。

"还说。"我顺势将鼻涕擦到了他的身上，"你还没说这几月去了哪里。"

"你以为是我想去的啊，那天我报完恩离开后体力不支又变回了木桩，便被人运来运去，先是垃圾箱，后来倒在路边污水里，还曾被人用来支了半个月小吃摊的棚子。"

"你为什么会变回去呢？"我不解了。

"你还说。"他学着我的腔调嗔怪了一声，"还不是你不肯再抱我咯。"

"这又关我什么事啊？"

"这也是我后来才想明白的，只有你抱我我才能维持着人形，要不然就只能当个脏兮兮的木桩了。"

"那你也不告诉我，还要悄悄地离开。"我加大嗓子吼他，"谁许你走的啊？"

"不是说了后来才想明白的嘛。"他嗓门比我还大，"再说了，之前不是告诉你我要走吗，你又不说要留我，还说有滚滚就好了。"

"我……"

"没话可说了吧。"他得意地晃了晃头，"谁叫你不坦诚？"

“我……”

“好了。什么都不用说了。”

桃生打断了我的话，重新将我抱在了怀中："既然让我遇到了你，又非要你才能让我维持着人形，这次我就不走了，一直陪着你，给你做好吃的可好？"

"那……"我想了想，"你不是还要修炼得道的吗？"

"那可不是。"他笑嘻嘻地回答我，"遇见你的那一刻，我就已经得道了。"

"真的不走了？"我抬起头望着他，眼泪花花还挂在腮帮子上。

"真的。"桃生一本正经地看着我，很认真地回答道。

"嗷呜！"我还没说话，滚滚先欢乐地叫了起来，开心地在小客厅中绕开了圈子。

那真是太好了不是？我不用回家跟老实憨厚的人相亲，我不用在厨房里面顶着满头油烟，我不用伺候滚滚吃喝拉撒，一切的一切，有这个老老实实的桃生多好。

❀后来❀

后来，你说后来？后来我们当然就在一起了。

虽然会加班，但是再晚都有桃生等我，虽然会有矛盾，但是桃生会让着我，偶尔休息便一起出去遛滚滚，别提有多快乐了。

值得一提的是，后来我跟桃生出去的时候，又遇到了那个曾经拦着我的老道士，他依然贼兮兮地蹲在路边翻着白眼，见我们走过就拦住我。

"姑娘，上次跟你说话呢，你跑得可快了。"

"干吗，你想说什么。"

"我想跟你说，你面带桃花，但是一定要珍惜身边的幸福啊。"老头子说着，用手中的竹竿拼命地戳着地板，一副痛心疾首的样子。

"我知道了，我错了好不好。"

"知错？知错尚好，尚好啊。"他说着努力地用白眼翻看着我，"现在嘛，也不要我老头子多说了，你明白就尚好啊，尚好。"

好吧，这个世界上真的有很多孰真孰假的事情我完全搞不清楚，但是，既然他不离开，我管他是什么来着对吧。

后来，我们跟老头子告别，又牵着滚滚回去了。

后来，没有后来了，再后来的事，就是我跟桃生的事了，自然是不能告诉你们的。

应小苔笔记

写这个故事的时候，我儿子滚滚还在，它毛茸茸、圆滚滚的，四川人把熊猫叫滚滚，我给它取名字的时候，就希望它是我家的宝。

它就喜欢跟烂木桩玩，兴趣很奇怪，也喜欢莫名其妙地对着一些物体叫，仿佛那些都有生命，而只有它看得懂。

我努力地想要模仿它眼中的世界，然而却只能编自己的故事，我终究不是一条小狗，不明白它的脑子里都有什么。

如今它离开我一年有余，时常会想念它的发疯，我曾经希望它听话、懂事，会做这个那个，但是如今，它只要在身边，就什么都好。

跟桃生一样，不需要多好，也不需要任何身份，只需要陪伴就好。

镜花物语

镜花物语

青霜染瓷

我就不信真的有人那么长情，守着一只花瓶终身不娶。

❀花瓶❀

"教授，最后一只箱子我拿上来了，要放在哪里才好？"

张小珠抱着从搬家车上拿下来的最后那只包裹着红丝绒的箱子，左顾右盼不知道放哪里才好。

"那个，放下放下！"头发已经花白的老教授从屋里跑了出来，平时和蔼可亲的他有些粗暴地从女学生手中夺过那只箱子，语气比平时提高了好几个分贝。

"我……"小姑娘愣在了原地，大概是因为从未看过慈祥的教授如此紧张，她结巴得一句话也说不来。

"金教授，小珠不是故意的。"幸好有个女生在旁边替她解围，"这里还有些零碎的东西，小珠帮我一下吧。"

其实但凡这个学校的学生，都知道金教授的那只箱子是动不得的，偏偏这个傻兮兮的张小珠去动那只禁忌的箱子。

"我真不知道里面是什么啊，教授干吗那么紧张嘛？"张小珠拉着替她解围的女生的袖子，一脸委屈，"见箱子独自在车上怕丢失了才拿上来，教授平时不是挺好说话的一个人嘛。"

"里面是那个东西。"见没有人注意到自己，那姑娘将张小珠拉到角落，压低了声音说，"金教授的心头好，一只绘了女人像的青花瓷瓶。"

听得她这么说，张小珠忽然恍然大悟过来，早就听说金教授的那只青花瓶，却没有想到是真有其事，而且刚刚就在自己的手上！

"听说是金教授年轻时候的情人送的呀。"女人就是这种奇怪的生物，明明刚才还委屈极了，如今有八卦听，就什么都忘记了。

"这事儿可是整个学校的人都知道，如今我俩在这里嚼舌根，让人听见了怕是不太好呀。"那姑娘冲她眨了眨眼睛，便再也不提此事了。

其实就算她不说，张小珠也没少听人说起，这个文质彬彬的金教授年轻的时候，曾有个贤惠的未婚妻，就是送他这只花瓶的女人，两人都快结婚了，她却因为心脏病突发死了。于是金教授便守着这只花瓶当老婆，此生没有再娶。

中文系的那群听着"窈窕淑女，君子好逑"的女生总是把这位教授奉做情圣，几十年来排着队地递情书送秋波，可是还真没有一个能得到他的垂青，直到这位年轻英俊的老师，熬成了白发皑皑的教授。

"我就不信真的有人那么长情，守着一只花瓶终身不娶。"

张小珠瞄了一眼屋里那个忙碌着收拾东西的苍老背影，忍不住嘀咕了几句。

❀青霜❀

学校里的女生们都嘀咕着什么故事，金教授的心里当然是明白的，等屋里都收拾妥当了，那群叽叽喳喳的女生都走了，头发花白的老教授这才坐下来休息一会儿，他泡了一杯上好的佛芽，在热茶袅袅的热气中，将那只红绒的箱子拿了出来。

辛苦了几十年，他才终于住进了这宽大的新房。

"幸好你没事。"苍老的声音在屋里响起，老人小心翼翼地从箱子中拿出那只浑身雪白的瓶子，放在了桌面上。

瓶子有着优美的曲线，瓶身上青色的花纹勾勒出一个女人侧着身子的剪影，她长发披肩，柳叶眉，一双细长的眼睛仿佛是真的一样，深情脉脉地看着眼前的老人。

且不论那么精细的图案，花瓶的胎色和光泽都是一等一的上品，若是放在市场上，一定是能换座大房子的价钱呢。

老人粗糙的双手一遍又一遍地抚摸过光洁的瓶身，透过眼前茶水的雾气，女人的剪影仿佛活了起来，身影随着雾气轻轻地摆动。

"青霜，这么多年了，你怎么还不回来呢？"老教授竟看得入了迷，老泪顺着脸上的沟壑四处纵横，"我答应你的，永远把这只花瓶留在身边，都快四十年了，可是……"

金教授还是金老师的时候，也是很英俊的，就像玻板下面的黑白照片上那样棱角分明，高高的鼻梁上架着一副眼镜，皮肤白白净净，倒是一个标准的美男，刚开始在大学任教的时候，喜欢他的女生就排成了长队，只不过那时候的金老师，已经有了青霜这个温柔贤惠的未婚妻了。

"你怎么又哭了。"雾气中的女人盈盈动了动身子，小嘴巴一张一合地说起话来。

"我总是想你啊。"金教授泪眼蒙眬地看着她，"你说你，怎么舍得丢下我，让我孤独地活了几十年？"

"其实我哪儿也没去，一直都在你身边啊。"剪影急着要说话，但那白发的老人仿佛什么都听不到似的，依然独自念叨。

"当年我有心脏病，你也不嫌弃我，定要嫁给我。"

镜花物语

老人的眼角边堆满了泪珠儿，双手也抖动得厉害，仿佛有什么天大的悲伤袭来，排山倒海般痛苦。

"你放心，有我在，你就会好好的。"女人笑了笑，嘴角翘起来即使是个剪影也很漂亮，她的音调提高了好几分贝，"我一直在你心里，你不放手，我绝不离开。"

老人依然什么都听不到，他的抽泣慢慢地停了下来，热茶的水汽也渐渐淡了下来，花瓶上的剪影不再动弹，女子的声音也消失不见了，唯有那只不知道疲惫的仿古大挂钟还是咔嚓咔嚓地走动着。

◈当年◈

青霜年轻的时候，曾是十里八方出了名的巧手。

爹爹是国营陶瓷厂的窑工，母亲是普通的供销社售货员，这丫头打小跟着父亲在瓷窑边捏泥巴做罐子，像个泥猴子般地长大，书没读懂几本，烧陶的手艺倒是比她爹还要好，经常捏个花瓶茶壶什么的，随手一烧就成了精品。

不过她的样子，确实只能谈得上清秀，跟美丽漂亮什么的，一点儿都沾不上边。就算是读书写字，也只是很勉强不丢人罢了，好在性格温柔贤惠，又有一门好手艺，所以站在当年的金老师身边，也勉强算是般配的。

若不是因为两家老早就定下了亲事，而金老爹去得早，金老师读大学全靠这姑娘烧窑赚钱供他，金老师那会儿多半也是看不上这个普通的姑娘的。那时候排着队追他的从学校年轻的老师到十七八岁开外娇嫩的女学生，个个都比他的未婚妻漂亮大方。

好在金老师没当陈世美，学校分给一间窄小的教工宿舍后，他便将老家的未婚妻接了过来。那些年结婚不流行酒店和婚庆公司，也就是简单地买些糖果，贴两个喜字，照几张相片的事而已。

"阿哲，你看看字贴歪了没？"年轻的姑娘开心地看着身后的男人，她一双粗糙的大手扶着窗框，看起来跟她的年纪一点儿都不符合。

学校里年纪大一些的老师都记得，那天青霜站在凳子上，喜气洋洋地把大红喜字贴在窗户上，而脸色苍白的金老师则有气无力地站在一边，心不在焉的样子。

金老师身体不好大家都是知道的，总是病恹恹有气无力的样子。

但是健康的青霜姑娘，却从未听说过有那么严重的心脏病的。

"青霜。"那天凑热闹的年轻人都走了之后，金老师有些疲惫地靠在破旧的沙发上，似乎想说点儿什么，却又欲言而止。

"阿哲？你累了吗，要喝点儿水吗？"姑娘的脸蛋儿红彤彤的，她一边收拾着满地的瓜子壳和糖纸，一边端了一杯热水给心爱的男人。

"我……"年轻的金老师想了想，还是说了出来，"你还是少露面吧……你知道我的同事们……"

姑娘本来开心的笑容瞬间就僵在了脸上，她咬紧了嘴唇，慢慢地把水杯放下了。

"我知道我土气，我以后尽量……尽量不出门，不给你丢面子。"

"你知道就好！"金老师的声音听起来总算松了口气，"我也是念在你多年不辞辛苦供我念书，你爹爹也对我很好……还有我的病……"

"我知道了！"姑娘的声音很温柔，她打断了金老师的话，"你的病我会好好照顾你的，也会守口如瓶，别的……别的我也知道，不必再说了。"

"你把热水给我吧，我觉得不太舒服。"年轻的金老师满意地点了点头，他指了指水杯，脸色看起来并不是很好。

"噢，好的好的。"青霜急忙抹了抹眼角，将水杯递到了他的面前。

但是喝了好几口热水，金老师的脸色看起来更糟了，他大口大口地喘着粗气，仿佛吸进去的空气都从别的地方漏掉了，一点儿都没有吸进肺里。

"你别急，别急。"姑娘急忙在小柜子上找药，可是接连几个瓶子都是空的，药吃完好几天了，因为事情太多，也忘记再去添一些了。

"咚咚！"

高档的防盗门传来几声不轻不重的敲门声，将老教授从回忆中唤醒了。他急忙抹去了眼角的泪水，定是哪个学生落下了东西，可不能在他们面前失了仪态。

门外站着几个壮汉，看起来却并不像是学生的样子。

青霜那天晚上最后一眼看到的便是四个戴着墨镜的男人，接着便是红绒盒子盖下来的一片漆黑。

❖ 失窃 ❖

这些天学校最大的新闻，莫过于金教授的那只花瓶被抢走了。

说来也怪了，金教授在那破旧的校舍中住了几十年，那只宝贝的花瓶都好好地放在破柜子中，如今刚搬入保安系统完好的高档小区，一夜之间，宝贝居然让人抢走了。

听金教授说，是四个穿着西服戴墨镜的壮汉，进门二话不说，拿着花瓶就走，自己想拼死反抗，却实在敌不过四个年轻男人。

"那得赶紧报警抓到他们！"几个女生气愤地捏紧了拳头，七嘴八舌地替憔悴的老教授打抱不平。

"我舅舅就在公安局呢，我一定让他替你仔细查这个案子啊。"张小珠尖着声音，在人群中显得格外刺耳。

金教授愣了愣，他一夜之间头发几乎全白了，整个人也没精打采的，但是此刻听得张小珠的话，忽然精神了起来，他似乎是想了想，然后很郑重地对那个热情的小女生说道："这件事我自己会处理的，有些东西不属于我的，强留也没用，你们还是安心应付期末考试才对。"

女生们又是一片赞叹，不愧是金教授，说话真有道理。

就算是失去了心爱的东西，也能那么斯文淡定。

天空有些微微发白，青霜醒来的时候，老教授并不在身边，四周黑漆漆的，应该是关在那个熟悉的红绒盒子里。

四十年来，她从未试过有一天醒来，看不到他的样子。

"阿哲？"明知道他听不见，但她还是习惯性喊了一声。

四周依旧静悄悄的、黑漆漆的，偶尔有点儿小颠簸，青霜忽然有些莫名紧张，不知道为什么，她觉得她的阿哲，不在她的身边。

"阿哲阿哲，你在哪里啊？"她慌乱地推着黑漆漆的盒子，却不知为何扣得紧紧的，一点儿缝隙都没留。

这是这几十年来头一次，阿哲总是把自己放在床边那个高高的柜子上，那个虽小却能清晰地看见那狭小屋子中的每个角落的位置，看着他休息吃饭，挑灯夜读或者批改作业。

"这次的东西，老板一定喜欢！"

隐隐约约传来一个男人的声音，粗暴有力，却很陌生。

胡思乱想的时候忽然听到一个从未听过的声音，青霜本来就紧绷的神经拉得更紧了，她立刻屏住了呼吸，背心里冒出了一层细细的冷汗。

对啊，现在她只是一只瓶子了，哪里还有背，更谈不上什么背心。

然而四周又安静下来了，青霜便安慰自己或许只是外面路过人的声音罢了，毕竟阿哲，又怎么会把自己随便交给陌生人。

镜花物语

想到这里青霜笑了笑，他或许只是搬了新家忘记从前的习惯罢了。

四周忽然剧烈地抖动了一下，接着便又软软着陆了，仿佛盒子被什么人搂在怀里，走在一条有些崎岖的路上。

青霜的心立刻又被楸了起来，都快跳到嗓子眼上了。

这种如履薄冰的感觉，好像四十多年前的时候。

其实那一年，青霜还在那破窑洞玩泥巴的时候就已经明白，同自己打小定亲的金哲，怕是走不到一起了。打从金哲从乡下高中考入城里的大学的时候，青霜的一颗心就像现在这样，一直放不下去。

自己就只会捏花瓶什么的，托老爹的福在陶瓷厂混了个位置，可是瓶子做得再好，也配不上那白净斯文的大学生啊。

"要不，你的这门亲事就不要再提了？"做娘的一边绣着鞋垫，一边小心翼翼地看着女儿的表情。

"胡说什么！"青霜没来得及搭话，做父亲的便一怒而起，粗糙的大手狠狠地拍在了桌子上，惊得大家心跳都漏了一拍。

"他俩的事，打小就定下来的，霜儿这些年没少接济他，不然哪儿来的什么大学生，再说霜儿拖到如今不也就是为了他，若他敢说半个字，我便折了他那把小骨头。"

父亲说罢，便背着手走了出去。青霜苦笑了一声，其实阿哲会不会当陈世美，自己也不是那么肯定。

胡思乱想了半天，盒子里面依然是黑漆漆的，依然在颠簸，依然不知道自己身在何方。

这个时间，阿哲应该在学校上课吧，怎么也不会带着自己到处乱走吧。

说起来阿哲还真是一个好老师，几十年来每天总是第一个到教室，最后一个离开。中文系这种清心寡欲的专业钱总是少得可怜，青霜在那柜顶上看到过几次那本皱巴巴的存折，物价是涨了好几倍，却没见他存款多了几位数。

倒是也不枉费了自己的一片苦心。

❖玉碎❖

"老板，东西到了。"

那个男人的声音又传了出来，接着身子一顿，感觉稳稳地放在了一个安全的地方。

还来不及紧张，黑漆漆的盒子便被揭开了一条缝隙，光源立刻涌了进来，青霜觉得眼前短暂失明了几秒，接着便是四个墨镜男人围着一个大光头的景象映入了眼帘。

这不是昨晚上最后一眼看见的人吗？可是阿哲并不在这里。

屋子倒是宽大明亮，却明明不是阿哲的屋子，四个男人虎视眈眈地站在那里，而那个大腹便便的光头男人，正色眯眯地看着自己。

"那个死老头搞定了吗？"光头开口了。

"老板放心，那个姓金的被我们吃定了。"一个墨镜男回答道，并用手比画了一个手起刀落的动作。

"阿哲在哪里？"青霜用尽了全部的力气，依然没有人回答她。

天啊，这些都是什么人！到底发生了什么？阿哲又在哪里？

光头奸笑了一声，伸手在那光洁的瓶身上抚摸了起来，那个样子，一看就不是什么好人。

青霜拼命地想要躲开那只肥腻的手，可是那么小的瓶子，又能躲到哪里去？

"宝贝儿，你可真漂亮。"光头的口水都快滴下来了，"不枉费我用了一套房子把你换回来，放在那个死老头那里简直是糟蹋死了。"

什么？他刚才说了什么？

花瓶中的姑娘忽然愣住了，他刚才说……一套房子。

"我不信！把你的手拿开，拿开啊！你这个骗子，阿哲答应过把我永远留在身边的！"她用尽了力气吼道，反正也没人听得到。

青霜拼命地在那双肥手中挣扎，耳畔都是光头的淫笑，可是一只花瓶又能做些什么？

"那个死老头，开始还跟我们说什么约定和承诺，结果就一套房子罢了，他就什么都答应了！若不是靠我，他这辈子都住不上那么好的房子，哈哈哈哈！"胖子说着便大笑了起来，那样子得意极了。

"我不信！"青霜拼命地吼了出来，震得瓶身都嗡嗡作响，"一定是你们从阿哲手中抢来的。"

跟四十年前她纵身跃进瓶子的时候一样，万念俱灰。

"哟，这瓶子还真有点儿神。"胖子听得嗡嗡的声音，惊讶得脸都笑开了，"那老头诚不欺我，这玩意儿，买得值！"

对啊，阿哲那点儿钱，怎么会有那么好的房子住呢，青霜只觉得心中最后一丝信念倒塌了，不管做了多少，不管过了多少年，不属于自己的东西，总归还是留不住。

"啪嚓！"雪白的瓶身上忽然出现了一条裂缝，把正在将一张油腻大脸靠上来的光头吓了一跳。

虽然只是那么轻微的一声，可是裂缝很快就蔓延开来，在瓶身上构成了一朵烟花般的图案。

"这……"胖子不知所措地将花瓶搂入怀中，又心疼地抚摸着那些不知道从何而来的裂纹，眼瞧着一套房子换来的宝贝片片碎裂在自己的手中。

金教授此刻正站在讲台上讲着现代文学鉴赏,大教室里面坐满了女生。金教授的讲座,一向如此。

"阿哲,阿哲!"站在讲台上的金教授听见有人喊他。

他费力地从老花镜上看出去,门口站着一个穿花布衬衫的女人,梳着一对大辫子,正含情脉脉地看着他。

"青霜?"老教授惊讶极了,"你怎么在这里?"

"我来接你走啊。"女人笑盈盈地伸出一只大手,拉住了金教授的衣角。

"咔嚓!"

讲桌前传来轻微的破裂声,听起来好像是什么陶瓷的东西碎了。

坐在第一排的张小珠四处看了看,没找到什么类似的东西,再一抬头,发现金教授的脸色一变,软趴趴地在讲桌上滑了下去。

"教授!教授!"女生们尖叫了起来,教室里一片哗然,有人冲上去扶住了他,发现她们崇拜的金教授脸上扭曲着惊恐,眼睛紧闭着,捏着粉笔的右手捂在胸口上,已然停止了呼吸。

金教授猝死在讲台上的事成为学校更大的新闻,多少女生含着泪花儿悼念他。

金教授一生无妻儿,只有一只陪伴了多年的花瓶,以及刚入住一天的新房。

◈窑炉◈

"你别急,我这就送你去医院。"

那年的青霜一咬牙,背起心爱的男人,便往外走去。

金老师打小身体就不好,总是瘦弱得很,可是青霜要背着一个男人在漆黑的夜路上行走也确实累得够呛。

"我……可不想死……"

背上的男人发出轻微的呻吟声，青霜听得真切，她加紧了脚步，可那漆黑的小巷子仿佛没有尽头，怎么也走不完。

她不知道自己走了多远多久，腿渐渐地觉得迈不开步子，手也酸软托不住他了。

"如果可以的话，我愿意替你生病，替你难受。"青霜喘着粗气，脚下一软，两人就滚到巷子的角落里去了。

"啊！"她只觉得头撞到一个坚硬的石壁上，疼得眼泪都快流出来了，背上的金老师也被摔到了地上。

"你没事吧，难受吗？"她顾不得自己的疼痛，急忙将男人扶到墙边靠好。

四周黑得伸手不见五指，细细一摸四面都是石壁，地上还有一层细灰，仿佛是、仿佛是她最熟悉不过的窑炉。

而且是一个关闭的窑炉。

开什么玩笑，这种事怎么会发生，且不说学校附近哪儿有窑炉，就算是这样一摔跤也没可能跌入这样一个封闭的空间啊。

"霜儿……到医院了吗？"半昏迷的金老师忽然发出了絮语，拉住了她的袖子。

"快了快了。"青霜一边回答一边忍不住哭出声来，她抡起拳头在石壁上敲击，却连一丝缝隙也没有。

"你在做什么？"

"我也不知道怎么回事。"青霜拖着哭腔，"我们好像在一个封闭的窑炉中，根本出不去。"

"你是在跟我开玩笑吗？你巴不得我去死是吗？"金哲的声音都已经变了调，却还是那么不饶人。

"没有！我没有！"女人很着急地辩白，"我知道你不想娶我，可也不想当陈世美，可我……真的不想离开你啊。"

"嘁！"金老师的声音充满了不屑，"不想也要娶你，不想也要死去。"

"我……"青霜语塞了，这婚事一直是自己一厢情愿，一直是自己捏着他家贫无钱读书的软肋。

"说……不出话来了吧，你若爱我……为何不替我去死？"

"我愿意！"女人忽然用很大的声音回答，斩钉截铁。

话音像一只瓷瓶那样落在地上，在封闭的空间中发出清脆的回声，不知道从哪里跌落出一朵火光来，让黑暗的空间中有了一点儿光明。

"只要你觉得好，我做什么都行。"女人抿直了嘴唇，几根凌乱的发丝被汗水黏在了额角，"不过作为交换，你一生一世都要陪在我身边，永远不离开。"

这便是金教授最后一眼看到的沈青霜。

火光忽然迅猛地烧开了，这个封闭的窑炉中没有任何燃料，火却像着了魔似的，龇牙咧嘴地填满了每个角落，年轻的金老师吓得瞬间晕倒，他脆弱的心脏再也经不起折腾了。

其实这段记忆，活下来的金教授自己都不知道是不是只是一场梦。

他只记得隔天早上醒来的时候，他被发现躺在离学校很远的一个废弃的窑炉里，身边是已经去世的沈青霜，以及那只漂亮得不可方物的陶瓶。

他或许不太明白为什么健康的青霜会突发心脏病去世，而明明病得奄奄一息的自己反而健健康康再也没有发病。

但是那只花瓶上的那个剪影无时无刻不在提醒着他那个承诺：你若不

弃，我便不离。

这个女生们口中的情圣，也就是一个胆小鬼罢了。

而这个胆小鬼最后又抵不住金钱的诱惑，出卖了自己的心脏。

不过没关系，这些事情，反正也没有人知道。

他金教授依然还是大家口中那个清高的好人罢了。

应小苔笔记

说真的，小时候我家就有这么一只瓶子。

瓶子放在我妈妈卧室的五斗柜上，对对，就是那种老式的，红漆的五斗柜，比小时候的我还要高上一头的那种。里面乱七八糟地插着她的毛线签子，木头的，铁的，还有各种花式的尺子，木的塑料的。

她性子并不好，一生气就抽毛线签子打我，运气好是木签子，运气不好就是木尺子。

所以我有点儿怕那只瓶子，也有点儿好奇，因为我够不到，只能远远看着，心想着在那里面，我看不见的地方，一定还藏着什么。

当然这些跟我妈妈打我并没有关系，每次我看它的时候，瓶身上的女人也会看着我，她长得有点儿像隔壁漂亮的姐姐，可是那个姐姐后来嫁去了太远的地方，再也没有见过，听说她的老公对她并不好，但是道貌岸然。

我想你们已经看懂了这个故事是怎么来的。

另外，那只瓶子我十岁的时候已经够得到了，同时也失去神秘感，后来在十五岁搬家的时候，摔得粉碎，瓶底都是花花绿绿的扣子，散落了一地。

J I N G   H U A

W U   Y U

扫一扫看更多图书番外，作者专访

【官方 QQ 群：555047509】

每周丰富多彩的群活动，好礼不停送！
作者编辑齐驾到，访谈八卦聊不停！